수상한
연애담

수상한 연애담

청소년 성장소설 십대들의 힐링캠프, 성장통

[십대들의 힐링캠프®] 시리즈 **NO.35**

지은이 | 애란(김애란)
발행인 | 김경아

2021년 9월 1일 1판 1쇄 인쇄
2021년 9월 9일 1판 1쇄 발행

이 책을 만든 사람들
책임 기획 | 김경아
기획 | 김효정
북 디자인 | KHJ북디자인
표지 삽화 | 정지란
교정 교열 | 김경미
경영 지원 | 홍종남

이 책을 함께 만든 사람들
종이 | 제이피씨 정동수 · 정충엽
제작 및 인쇄 | 천일문화사 유재상

청소년 기획위원
정가인, 양태훈, 양재욱

펴낸곳 | 행복한나무
출판등록 | 2007년 3월 7일. 제 2007-5호
주소 | 경기도 남양주시 도농로 34, 부영e그린타운 301동 301호(다산동)
전화 | 02) 322-3856 팩스 | 02) 322-3857
홈페이지 | www.ihappytree.com
도서 문의(출판사 e-mail) | e21chope@daum.net
내용 문의(지은이 e-mail) | aflowerpot@hanmail.net
※ 이 책을 읽다가 궁금한 점이 있을 때는 지은이 e-mail을 이용해 주세요.

ⓒ 애란(김애란), 2021
ISBN 979-11-88758-36-4
"행복한나무" 도서번호 : 137

수상한
연애담

| 애란 지음 |

차례

핸드폰 케이스가 문제다

산 전체에 향수를 뿌려 놓은 듯 풍겨 오던 짙은 아카시아 향이 오늘은 풍겨 오지 않고, 대신 빗물에 후줄근히 젖은 담장에서 나는 비릿한 냄새가 머리를 어지럽힌다. 머릿속에 검푸른 이끼가 잔뜩 피는 것만 같다. 며칠 내내 내린 때아닌 비로 인해 교실 구석구석에 있던 먼지가 습기를 머금은 탓일 것이다. 그러지 않아도 밤부터 더부룩하던 배 속이 비린내를 견디지 못하고 급기야 요동치고 말았다. 그것만으로도 죽을 맛인데, 때 이른 달손님이라니. 환장할 노릇이다. 화장실을 들락거리다가 결국 조퇴를 하고 말았다.

비번을 누르면서 나는 그 여자가 집에 없기를 바란다. 현관에는 그 남자가 운동할 때 신는 운동화와 그 여자의 낡은 단화가 가지런히 놓여 있다. 다정해 보여서 보기 싫다. 나는 신발들을 흩뜨려 놓고 운동화를 벗어서 휙 뒤로 날려 버린다. 운동화 한 짝이 현관문에 부딪혔다가 바닥에 떨어지는 소리가 둔탁하게 들린다.

거실에 소설책이 나뒹군다. 내가 읽은 책을 그 여자가 읽는 중이다. 그 여자는 여러 책을 한꺼번에 읽는 버릇이 있다. 그 여자의 머릿속에서는 아마도 책의 내용들이 뒤죽박죽 섞여 있을 것이다.

그 여자는 가뭄에 콩 나듯이 책을 읽는다. 그 여자 표현을 빌려 말하자면 책씩이나 읽는다. 그 여자가 주로 하는 일은 온라인쇼핑이고, 가끔 하는 취미 생활이 뒤죽박죽 책 읽기다.

그 여자가 모니터 속으로 빨려 들어갈 듯이 컴퓨터 앞에 앉아 있다.

"있었네?"

아니꼽다는 목소리. 내 입에서는 자주 이런 목소리가 나온다. 그 여자는 내가 사춘기라서 그런다고 생각한다. 나쁠 건 없다. 사춘기라는 특권은 때로 나를 편하게 해 준다.

"어? 언제 왔어?"

어련하시겠어? 또 심사가 꼬인다. 안 보는 게 장땡인데 그 여자는 늘 눈에 띈다.

"배탈 나서 조퇴했어."

"자퇴 아님 됐어."

그 여자가 모니터에 코를 박은 채 중얼거린다.

"우리 같이 볼까?"

내 방 문고리를 비틀려는 순간 그 여자가 묻는다. 모니터에서 고개도 돌리지 않은 채다.

"우리? 언제 적 우리래?"

나는 최대한 날카로운 소리로 쏴붙인다. 한 손에 들고 있던 내 핸드폰은 분홍색이다. 분홍이라니. 핸드폰 사랑값이 고장 난 게 분명하다. 어쩌면 너무 얇은 케이스가 문제인지도 모른다.

나는 핸드폰을 뒤로한 채 얼른 방으로 들어가 핸드폰을 침대 위로 내동댕이쳐 버린다. 가방도 힘껏 책상 위로 던져 버린다. 빗나간 가방이 책상 모서리에 맞고 바닥으로 툭 떨어진다.

만사 귀찮다. 시도 때도 없이 사랑값을 매겨 대는 핸드폰도, 수년을 메고 다닌 가방도, 의뭉스럽고 까탈스런 달손님도. 이것들 모두 처음 만날 때는 가슴 부풀고 설레었다. 그랬는데 요즘은 귀찮기만 하다. 만사 귀찮을 때는 잠이 최고다. 자자. 그냥 자자. 푹 자자.

그러나 잠도 친절하기만 한 마법의 담요는 아니라서 둘러쓰기 쉽지만은 않다. 비몽사몽 시간이 흘러간다. 달지도 그렇다고 쓰지도 않은 밋밋한 선잠이 들었다 깼다 한다. 낮잠은 역시 수업 시간에 자는 게 제맛이다.

"성이화, 밥 먹어."

식탁에는 내가 좋아하는 골뱅이무침이 떡하니 올라와 있다. 나는 잽싸게 젓가락을 쑤셔 넣는다. 한 젓가락 푸짐히 집어 올리려는데, 그 여자가 젓가락으로 내가 들고 있는 골뱅이무침을 걷어 낸다.

수상한 연애담

"배탈이라며. 그거나 먹어."

그 여자가 죽을 턱으로 가리킨다. 그러고 보니 내 자리에 죽과 김치가 따로 놓여 있다. 죽 먹는 사람 앞에서 골뱅이무침을 먹겠다는 건 인간성 문제다.

나는 꾸역꾸역 죽을 떠 넘긴다. 밍밍하다. 갑자기 그 여자가 행복한지 궁금해진다.

"행복해?"

묻고 나니까 지나치게 센티한 질문 같아서 낯간지럽다.

"행복하지 않음 니가 행복하게 해 줄래?"

그 여자가 입안 가득 골뱅이무침을 씹으며 말한다. 비겁하다. 온라인쇼핑할 때처럼 행복하다고 하면 어디가 덧나나? 나한테 미안해서 이런 모호한 대답을 하는 게 분명하다. 죽이 콧물처럼 맛없다.

그 여자가 시뻘건 고무장갑을 사러 나가고(나한테 사 오라는 걸 맛없는 죽 먹어서 배탈이 도졌다고 죽는소리했더니 마지못해 그 여자가 갔다), 바로 그 여자의 막내딸 리리가 들어온다. 리리는 학교에서 있었던 일을 미주알고주알 늘어놓는다. 눈치 없이 쫑알거리는 리리한테 왈칵 짜증이 난다.

"시끄러!"

텔레비전을 향해 누르려던 리모컨을 리리에게 던져 버린다. 맞았으면 발가락이 부러졌을지도 모르는데 리리가 날쌔게 피한다. 오, 썩 괜찮은 피구 실력이군!

"듣기 싫으면 그만이지 내 발가락은 왜 박살 내려고 덤벼?"

리리가 쌍심지를 켜고 대든다.

"기분 영 꿀꿀 하니까 까불지 마라."

으름장을 놓고 어깨로 리리 어깨를 툭 치고 돌아선다. '아얏.' 돌아
서다 말고 나는 꼬리뼈를 감싸 쥔다.

"고거 쌤통이다."

리리가 냅다 제 방으로 튄다.

"야 인마, 똥침을 하려면 제대로 해야지."

꼬리뼈가 빠질 것 같다.

일찌감치 퇴근한 그 남자가 러닝에 파자마 바람으로 소파에 눕는다.
털이 부숭부숭 난 맨다리를 그대로 드러낸 채 누워서 텔레비전 쇼프로
그램을 본다. 벗겨지기 시작한 이마며, 삼 겹을 넘어 오 겹으로 치달리
고 있는 뱃살이 눈에 거슬린다. 그 여자는 그 남자의 어디가 맘에 들었
을까.

그 여자가 실패한 결혼생활에서 얻은 건, 남자는 그저 수수하게 생
겨야 된다는 사실 하나인지도 모른다.

내 기억 속의 아빠는 키가 크고 잘생긴 남자로 남아 있다. 우리가 함
께 살 때 엄마 아빠 사이가 좋지 않았다는 것. 자주 시끄럽게 싸웠다는
것이 아빠와 같이 살던 때 기억의 일부다. 엄마는 결국 아빠와 이혼했
다. 그래도 나한테는 좋은 아빠였는데…….

엄마 아빠의 이혼 이후 나는 단 한 번도 엄마를 엄마라고 부르지 않

았다. 호칭은 생략하고 할 말만 했다. 아빠는 아예 부를 일이 없었다. 나는 나를 낳아 준 이들을 미워한다. 나를 낳아 주지 않은 그 남자도 미워한다. 그 남자의 친딸 리리도 미워한다.

그 여자가 과일을 개다리소반에 받쳐 들고 온다. 그 남자가 없을 때는 바가지에 담아 먹으면서, 그 남자가 있을 때는 개다리소반을 애용한다. 그런 그 여자의 행동이 그 여자가 빨간 홈드레스를 입을 때만큼이나 우습게 보인다.

그 여자가 귤을 까서 그 남자의 입에 넣어 준다. 그 남자가 소파에 누운 채 귤을 받아먹는다. 리리가 그 여자 옆에 누워 입을 벌린다.

"넌 손이 없니?"

그 여자가 귤 한 개를 리리를 향해 툭 던진다. 그 남자는 손이 없나? 그 남자가 손뼉을 치며 정신없이 웃는다. 그 남자의 입가로 귤즙이 흘러내린다. 바보 같다. 그 여자가 한 손으로 그 남자의 입가를 닦아 주면서, 다른 한 손으로 텔레비전 속 연예인을 가리키며 낄낄거린다. 역시 바보 같다. 리리는 입에 귤을 물고 거실 바닥을 치며 깔깔거린다.

그들이 텔레비전 쇼프로그램에 푹 빠져 정신없는 사이, 나는 귤을 몽땅 집어 들고 화장실로 들어간다. 변기에 앉아 귤을 까먹으며 대못에 걸려 있는 문고판 속담책을 읽는다. 책이 나달나달하다.

"귤은 왜 다 갖고 가고 난리야?"

그 여자가 화장실 문을 쿵 치며 지청구를 먹인다.

"나도 사람인데 먹고는 살아야지."

"설사하면서 귤 까먹는 사람은 너밖에 없을 거다."

그 여자의 목소리가 자못 퉁명스럽다.

"설사 아니거든."

"그거나, 그거나."

그 여자는 매번 한 마디도 안 진다.

"큰딸, 빨리 나와. 급해."

이번엔 그 남자다. 왜들 차례로 난리인지 원. 읽다 만 속담책을 제자리에 걸어 두고 나오는데, 똥 누고 밑 안 씻은 것처럼 찝찝하다.

저녁. 또 닭볶음탕이다. 리리가 좋아하는 닭볶음탕은 허구한 날 식탁에 올라온다. 하도 많이 먹어 댄 통에 이제는 닭볶음탕에서 닭똥 냄새가 나는 것 같다.

"앗싸, 닭고기!"

"윽, 닭 새끼."

리리와 나의 반응은 하늘과 땅만큼 차이가 난다. 내가 달갑잖게 여긴다는 걸 알면서도 그 여자는 뻔질나게 닭볶음탕을 영양 만점 일품요리라며 식탁에 올린다.

"니가 어릴 때 얼마나 잘 먹었는데."

이게 그 여자의 변명 1호다.

"없어 못 먹는 사람 많으니까 어머님 아버님 고맙습니다, 하고 먹어라. 앙?"

변명 2호. 반협박이다.

"다 살이 되고 피가 되니까 군소리 말고 먹어."

변명 3호. 숫제 입을 막아 버린다. 내가 좋아하는 스파게티도 안 해 주는 사람에게는 나도 얘기 안 하련다. 나는 말없이 수저를 놓는다.

"왜?"

그 여자가 젓가락으로 닭고기 살을 찢으며 건성으로 묻는다.

"닭똥 냄새나서 밥맛 떨어졌어."

묻는데 대답 안 하면 나만 손해 보는 것 같아서 한다. 젓가락 끝으로 콕콕 찌르는 듯한 내 대답에 그 여자 맘이 다쳤을 거라고 말한다면, 그 건 그 여자를 전혀 모르고 하는 소리다.

"맛만 좋다. 그치?"

당당하게 리리에게 동의를 구하는 그 여자.

"응. 맛만 좋아. 히히."

엉덩이를 들썩거리며 맞장구치는 리리. 누가 보면 그 여자와 리리가 친 모녀 사이인지 알 거다. 찰떡궁합 모녀끼리 많이 드세요. '끼익~.' 소리도 요란하게 의자를 뒤로 밀자, 그 여자가 하는 말.

"누룽지가 알맞게 퍼졌을 텐데 리리야, 여보, 우리나 실컷 먹읍시 다."

"실컷 먹읍시다."

리리가 그 여자 말을 똑같이 따라 한다. 사뭇 고소하다는 표정이다. 조 염소 똥만 한 걸 그냥.

"배탈 난 이화나 줘. 다들 좋아하지도 않으면서 뭘."

그 남자가 누룽지같이 구수한 목소리로 말한다. 나는 내키지 않는 척 꾸물꾸물 의자를 끌어다 앉는다. 그 여자가 김이 모락모락 나는 사발을 내 앞에 놓는다.

호호 불어 가며 누룽지를 먹고 있는데, 그 남자가 푹푹 퍼다 먹는다. 이러다가 금세 바닥날 게 뻔하다. 나도 질 새라 다 식히지도 않고 퍼먹는다. 입안이 불에 덴 것 같다. 그 남자는 아무렇지도 않은지 쉴 새 없이 퍼먹는다. 그 남자가 밉다. 입천장이나 벗겨져라.

잘생긴 여학생 조우연

"너 외로워 보인다."

작업에는 여러 가지가 있다. 조우연은 내게 이렇게 작업을 시도했다. 우연의 목소리를 듣는 순간, 이상하게도 가슴이 설렜다. 섬세한 조각가가 빚어 놓은 듯한 얼굴이 나를 보고 웃고 있다. 짧은 머리카락 아래 훤히 드러난 목덜미가 만져 보고 싶을 만큼 부드럽게 느껴진다.

여학생들 여럿 설레게 했을 법한 꽃미남. 우연이 바로 그런 꽃미남으로 보인다. 우연이 전학 왔을 때, 우연을 처음 보는 순간 나는 웬 꽃미남이 왔네, 했다. 우연은 지금처럼 그때도 교복 치마가 아닌 교복 바지를 입고 있었다. 구경 오는 여학생들 때문에 한동안 시끄럽겠군, 생각했던 것도 같다.

예상대로 우리 반 복도는 한동안 구경 오는 여학생들로 북적였고, 어느 때부터인가 여학생들이 남학생들로 바뀌어 있었다. 그렇긴 해도 여전히 많은 여학생들이 우연을 바라보는 눈빛에서는 꽃미남을 바라볼 때의 설렘이 느껴지곤 했다. 순전히 내 느낌인지는 모르지만.

내가 설핏 웃자, 우연이 나뭇잎 하나를 따서 입술 사이에 물고는 입바람을 분다. 초록 나뭇잎이 파르르 떨린다. 나뭇잎은 금방이라도 날아갈 듯 날아가지 않고 입술에 끈질기게 달라붙어 있다. 선명한 입술 선 안이 만지면 금방 터질 것같이 붉고 말랑말랑해 보인다. 나도 모르게 자꾸만 우연 입술에 머무는 내 시선을 황급히 돌려야 했다.

언뜻 바람이 불자 아름드리 살구나무 그늘이 약간 흔들린다. 우연은 멀리 운동장 끝을 바라보고 있다.

"수희 일은 안됐다."

우연 목소리가 프레스로 꾹꾹 찍어 누른 듯 밋밋하다. 수희는 내 단짝 친구였는데 느닷없이 잠수를 타 버렸다. 물론 자진해서 학교를 그만둔 것이지만 내게는 잠수나 다름없다. 아이들은 수희가 임신을 해서 학교에서 쫓겨났다고 쑤군거렸지만, 모르는 소리다. 수희는 가끔 내게 말했다. 학교 다닐 이유를 모르겠다고. 학교에서 하는 공부가 아닌 '나만의' 다른 공부를 하고 싶다고. '나'를 찾고 싶다고.

그러더니 어느 날부턴가 학교에 오지 않았고, 아예 A시를 떠나 버렸다. 나는 나를 떠난 수희를 원망하지 않는다. 그저 어디선가 열심히 자기만의 공부를 하고 있을 거라고 믿는다.

수희가 떠난 뒤로 나는 줄곧 단짝 없이 지냈다. 그렇다고 소위 말하는 왕따는 아니고, 그저 딱히 단짝이 되고 싶은 아이가 없었을 뿐이다. 게다가 그냥 조용히 지내는 것도 나쁘지 않았다. 알 수 없는 뭔가가 조금 불안했을 뿐.

"수희 말이야. 잘 지낼 거야."

우연이 웃으며 어깨를 으쓱해 보이고는 입바람을 세게 불어 물고 있던 나뭇잎을 날려 버린다. 나뭇잎이 파닥파닥 허공에서 머물 듯 머물지 않고, 떨어질 듯 떨어지지 않고 묘하게 떠 있다. 어느 정도의 부력이 작용한 탓일까. 나뭇잎은 허공에 감춰진 계단을 한 계단 한 계단 찾아내듯 서서히 내려앉고 있다.

그러고 보니 우연은 가만있지를 않는다. 손으로 나뭇가지를 쳐 대든 잡고 늘어지든 한다. 그런가 하면 나뭇잎을 따서 날리든 발을 차 대든 끊임없이 움직인다. 너도 불안한 거지? 어쩌면 다시 단짝이 생길지도 모르겠다.

"여기 와서 네가 처음이야. 친해지고 싶은 애."

우연이 발끝을 내려다보고 있다. 발끝으로 애먼 땅만 푹푹 질러 대면서. 문득 우연이 전학 왔을 때, 구경 왔던 여학생들 생각이 나서 나도 모르게 웃음이 한 줌 쏟아진다. '푸훗.'

'풋풋풋……' 괜히 자꾸만 웃음이 난다. '풋풋풋……' 영문도 모르고 우연이 따라 웃는다. '풋풋풋……. 풋풋풋……' 우연이랑 나랑 뭔가 통하는 것 같다. '풋풋풋……. 풋풋풋……'

향긋한 풋내 나는 웃음 한 무더기로 단짝 신고식은 치른 셈이다. 기분이 상쾌하다.

우리는 급속도로 친해졌다. 통하는 게 많았다.

어느 날 내가 물었다.

"너네 집에 책 많냐?"

괜한 질문을 했다. 책이라니. 이러다 잘난 척한다고 오해 사는 거나 아닌지 모르겠다.

"난 잡지만 봐."

우연이 어깨를 으쓱한다. 겸연쩍다는 건지 당연하다는 건지 알 수 없다.

"울 엄만 돈 버는 일에만 관심 짱이고, 책엔 관심 뚝이야. 원래는 안 그랬는데, 아빠가 말없음표가 되면서부터 그래. 말없음표도 술이라면 모를까 책하고는 담쌓은 지 오래고."

"말없음표?"

"응, 우리 아빠. 아빤 집에서 한마디도 안 해. 묻는 말에 대답만 해. '응, 아니.' 이렇게 단답형으로. 그것도 어쩌다, 아주 가끔. 그야말로 움직이는 말없음표야."

우연이 객쩍게 바지의 먼지를 털어 내며 피식 웃는다. 웃음소리가 헛방귀 소리같이 맥없게 들린다. 가족끼리 말을 안 할 수도 있구나, 신기하다. 까맣게 잊고 있던 아빠가 잠시 생각난다. 아빠는 말이 많았던 것 같다. 내게 자주 이런저런 이야기를 들려주곤 했다. 엄마하고는 이야기를 많이 하지 않았다. 다만 싸울 때만 말을 많이 했던 것 같다. 이제는 아련한 기억일 뿐이다. 내게도 아빠가 있었던가 싶다. 입가에 씁쓸한 미소가 어리다가 사라진다.

"담탱이 숙제는 했어?"

우연의 물음에 나는 아빠 생각에서 깨어난다. 우연이 풍선껌 하나를 내게 내민다.

"아니. 당장 내일 어떻게 될지도 모르는데 10년 뒤를 그린다는 게 쉬운 일이니?"

10년 뒤의 내 모습을 한 번도 그려 본 적 없는 내게는 어려운 숙제다. 나는 풍선껌을 까서 씹는다.

"이다음에 뭐가 되고 싶은데?"

우연이 풍선을 분다. 풍선이 얼굴만 하게 부풀어 오른다.

"몰라."

내 목소리가 자못 뚝뚝하다. 여태껏 내 꿈이 뭔지 모른다는 것, 그게 가끔 나를 움츠러들게 한다. 우연 얼굴만 하게 부푼 풍선이 갑자기 빵 터진다. 우연 얼굴에 허물처럼 달라붙은 껌이 우습다.

"왜 몰라?"

우연이 웃지도 않은 채 허물을 벗겨 내며 집요하게 물어 온다.

"몰라."

이제 더 묻지 말라는 뜻으로 딱 잘라 말하고 딴청 부린다. 우연이 말아 들고 있던 껌 종이를 표창 던지기 하듯 나무를 향해 던진다. 껌 종이가 나무둥치께에 떨어지려는 걸 잽싸게 몸을 날려 멀리 차 버린다. 발차기 폼이 태권도 유단자처럼 멋지다.

"우와! 너 발차기 잘한다. 태권도 유단자야? 몇 단인데?"

내가 호들갑스레 묻자, 우연이 웃는다.

"주짓수 보라 띠."

주짓수라니, 들어 보긴 했어도 생소한 무술이다.

"주짓수 보라 띠?"

"응, 여자가 남자를 제압할 수 있는 유일한 무술이야. 좀 해."

"그럼, 너 주짓수 사범 해도 되겠다. 폼 나잖아."

"모델도 폼 나. 난 모델이 될 거야. 남자 모델."

무슨 소린지 감이 잘 오지 않는다. 여자 모델이 아닌 남자 모델이라니. 난데없이 생뚱맞은 소리를 해 놓고도 우연은 아무렇지도 않은 표정이다.

"남자 모델?"

내 눈이 왕방울만 해진다.

"응. 내가 좀 남성적인 매력이 있잖니?"

네가 무슨 남자냐고 물으려다가 만다. 내가 보기에도 우연은 신이 잘 빚다가 마지막에 실수를 저지른 남자 같다. 그 치명적인 실수가 우연에게 남자의 상징이 아닌 여자의 상징을 달아 주었다는 것이다.

"나도 모델 할까?"

내 말에 우연이 그런 생각은 꿈에도 하지 말라고 엄포를 놓는다.

"나도 모델 하면 잘할 것 같지 않니?"

남들이야 어떻게 생각하든, 내 생각은 그렇다는 거다.

"그야 그렇겠지만, 넌 작가가 어울릴 것 같아."

갑자기 이 무슨 뚱딴지같은 소리람. 전국 백일장도 아니고, 고작 교내 백일장 휩쓴다고 작가 되면 이 땅에 작가가 넘쳐 나겠다.

"넌 책 좋아하고 글도 잘 쓰니까 작가 돼서 스포트라이트를 한껏 받으란 말이야. 어때? 그럴듯하지?"

동의를 구하는 얼굴이다. 그럴 수도 있겠다. 문제는 내가 내키지 않는다는 거다. 평양감사도 저 싫으면 그만이라고 하지 않던가.

"우리 이화는 작가가 되겠는걸."

이따금 그 여자는 내게 이렇게 말하곤 한다. 나는 그 여자가 원하는 건 하기 싫다.

"난 작가 싫어."

내 대답이 의외라고 생각했는지 우연이 어깨를 으쓱한다.

"그러면서 웬 책을 그렇게 많이 읽어?"

책엔 이야기가 있다. 책을 읽는 건 이야기를 듣는 거나 마찬가지다. 다양한 이야기들. 책이 아니면 누가 그토록 많은 이야기를 해 줄 수 있을까? 아빠도 없는 지금.

아빠가 들려주던 이야기가 그랬던 것처럼, 책이 들려주는 이야기에는 신기한 것도 많고, 재미있는 것도 많다. 그래서 좋다. 책 읽는 동안은 전혀 심심하지 않고 행복하기만 하다. 아빠에게서 이야기를 듣던 어린 시절처럼.

그걸 굳이 말하고 싶지 않아 나는 잠자코 있다.

우연은 고등학교만 졸업하면 곧바로 서울로 올라가서 모델이 될 거라고 한다.

"모델이 좋은 게 뭔 줄 알아? 그건 대학을 안 나와도 할 수 있다는 거야. 대한민국에서 대학을 안 나오고도 스포트라이트를 받을 수 있는 직업이 바로 모델이다, 이거야."

우연은 공부에 흥미가 없다고 했다. 슈퍼에서나 미용실, 또는 분식집에서는 필요도 없는 어려운 수학 문제를 풀고, 잘 외워지지 않는 세계사를 달달 외우는 것은 병아리가 물속에서 숨 쉬는 방법을 배우고, 해파리가 어떻게 하면 구름 위로 가서 햇볕을 더 쬘 수 있을까를 고민하는 것과 같다고 언젠가 내게 말했다. 그런 우연에게 대학을 안 가고도 스포트라이트를 받을 수 있다는 것은 꽤 매력으로 다가왔을 것이다.

나도 우연과 별반 다를 바 없이 학교 공부에 별 흥미가 없다. 수희처럼 틀에 박힌 학교 공부가 아닌 나만의 공부를 하고 싶다. 그래서 책을 읽는지도 모르겠다. 나만의 공부를 위해 내딛는 첫걸음이었으면 좋겠다.

"가만 보니까 작가도 굳이 대학을 안 나와도 되겠더라고. 글만 잘 쓰면 되지 대학 간판이 뭐가 필요하겠어? 어때? 구미가 당기지 않니? 크크크."

우연이 내 말이 맞지, 하는 얼굴로 웃는다. 조각칼로 깎아 놓은 듯 반듯하면서도 어딘가 자유분방해 보이는 얼굴, 거기다가 자연스러운 칼머리가 어우러져 매력적이다. 남자 모델, 잘 어울릴 것 같다.

키도 웬만한 남자애들 못지않게 크다. 165센티미터인 나보다 한 뼘은 더 큰 듯하니 180에 가까울 것이다. 남자 모델에는 못 미치는 키일지도 모르지만, 얼굴이 별나게 작은 데다 다리가 유난히 길어서 키가 더 커 보인다.

모델이 되고자 하는 우연과 달리, 나는 딱히 무엇이 되겠다는 생각은 아직 해 본 적이 없다. 다만 나만의 공부를 위해 한 걸음 내딛고 있을 뿐이다. 찬찬히 걸어가다 보면 언젠가 나만의 공부가 나만의 꿈을 발견해 주리라 믿으며.

결국 숙제를 해 오지 않은 벌로 청소를 해야 했다. 수돗가에서 나는 우연과 대걸레를 빨았다. 우리는 대걸레를 퍽퍽 비벼 댔다. 물이 사방으로 튀었다.

"벌로 신성한 청소를 하겠다고 했으니, 암튼 우리도 못 말린다. 그치?"

우연이 발로 꾹꾹 눌러 밟자 대걸레에서 구정물이 배어 나온다.

"넌 확실한 꿈이 있으면서 왜 숙제 안 해 왔어?"

있는 힘을 다해 대걸레를 비벼 대며 묻는다.

"해 왔어."

우연이 덤덤하게 대답한다.

"뭐? 근데 왜 안 해 왔다고 했어?"

"그거야 너랑 같이 벌 받으려고 그랬지."

우연이 더 힘껏 대걸레를 빤다. 나는 아무 말 못 하고 따라 한다. 다시금 찐친이 생겼다는 생각에 가슴이 콩닥거린다.

우리는 한동안 말없이 힘을 다해 대걸레를 비벼 대고 밟기를 거듭했다. 대걸레가 점점 하얘지는 게 꼭 내 맘이 새하얘지는 것만 같아 기분이 좋다. 더구나 툭하면 안 보는 척 보게 되고, 보면 설레고, 내심 신경 쓰이던 우연과 함께라니!

"너 그거 아냐?"

우연이 묻는다.

"응? 뭐?"

"네가 굴다리 밑에서 내 뒤를 졸졸 따라올 때부터 내가 너 단짝으로 찍었는데. 그때 너 되게 귀엽더라."

아, 그때. 생각난다. 학교 앞 삼거리를 지나 도심 쪽으로 쭉 내려가다 보면 사거리가 나온다. 그 사거리에 굴다리가 하나 있다. 예전에는 굴다리 밑으로 길을 건너다니는 사람들이 많았다. 요즘은 위쪽 도로에 횡단보도가 새로 생겨 굴다리 밑으로 다니는 사람은 거의 없다. 노는 애들이 어울려 담배를 피우거나 패싸움을 하는 장소로 쓰일 뿐이다.

그러한 이유로 나도 웬만큼 급한 일 아니면 굴다리 밑으로 다니지 않는다. 그날은 급해서라기보다 도로 위로 올라가 신호를 기다려야 하는 게 어쩐지 귀찮기도 했고, 공연히 오기가 나기도 했다. 굴다리 밑으로 갈까, 도로 위 횡단보도로 갈까, 망설이고 있을 때였다. 우연이 거리낌 없이 성큼성큼 굴다리 밑으로 가길래 얼른 따라갔었다.

우연을 따라 걸어가면서 나는 말 한마디 제대로 나눠 보지 않은 사이인데도 어쩐지 우연에게 친밀감을 느꼈던 것 같다.

우연이 내 대걸레를 가져다 자기 대걸레와 포개어 들더니 오른쪽 어깨에 얹고 걷는다. 우연이 걸을 때마다 우연 뒤에서 대걸레 술이 춤을 춘다. 영화 〈몬스터 주식회사〉 여사원 셀리아의 머리에서 혀를 날름대며 움직이던 뱀들이 연상되었다. 내 머리카락 한 올 한 올이 뱀으로 되어 있지 않다는 건 다행한 일이다.

"내가 왜 이렇게 네 대걸레도 짊어지는지 모르겠다."

우연이 돌아보며 씽긋 웃는다.

"내 껀 이리 줘. 내가 들고 갈게."

내가 내민 손을 무시하고 우연이 다시 걷는다.

"냅둬."

우연이 앞서 걸으며 왼손을 번쩍 들어 핸드폰을 흔든다. 빨갛게 달궈진 핸드폰이 햇살에 반짝거린다.

왜?

도대체 왜?

너의 핸드폰은 빨간색이고,

내 심장은 이렇게 뛸까?

주짓수 보라 띠

"야, 성이화, 희지가 좀 보재."

혜리가 교실에 들어서며 큰 소리로 말한다.

"에이씨. 조금만 하면 되는데."

모처럼 숙제나 할까, 하고 베끼고 있던 나는 짜증이 난다. 하던 숙제를 멈추고 마지못해 나간다.

희지가 나를 보자 생글거린다. 나는 희지 눈을 피해 희지 치맛단에 시선을 고정한다. 노는 아이답게 치맛단이 한 뼘은 더 올라간 것 같다. 그러잖아도 다른 애들보다 껑충 올라간 치마 길이가 자주 눈에 띄었었다. 희지 무릎이 백목련처럼 관능적이다.

"정학은 끝났어?"

나는 계속 눈을 내리뜬 채로 있다. 희지가 남학생들과 어울려 패싸움을 했다는 이유로 정학을 선고받았다는 소문을 들은 게 불과 며칠 전이다.

"끝났으니까 나오지. 먹고 놀려니까 살만 찌고 안 되겠더라고. 너도 조심해. 괜히 정학 먹고 몸매 망치지 말고."

희지가 손바닥으로 허리에서부터 넓적다리까지 쓸어내린다.

"왜 보자고 했어?"

내 목소리가 곱지 않다. 약하게 나왔다가는 공연히 얽혀 들기 십상이다. 나는 희지가 낀 패와는 얽히기 싫다. 그도 그러려니와 당장은 숙제가 문제다. 숙제를 마저 끝내야 해서 용건만 간단히 말하라고 주문한다.

"준영이가 널 좀 만나고 싶어 하는데."

희지가 실실 웃으며 내 얼굴을 살핀다. 실실 쪼개는 건 희지 특기다.

"됐다 그래."

이럴 때일수록 딱 잘라 거절해야 한다. 그렇지 않았다간 걸려들기 십상. 끌려다니기 십상. 놀탱이 되기 십상. 일짱과 놀기는 싫다. 준영이 그다지 말종은 아니고 어릴 때는 착했다고 해도 내키지 않는다. 교실로 들어가려고 몸을 돌리는데 희지가 내 팔을 와락 잡는다.

"네가 말해. 이따가 8시에 종합운동장 옆에 있는 놀이터에서 기다리겠대."

"좋으실 대로. 군밤에 싹 나나 보든가, 말든가."

나는 희지 손을 거세게 뿌리친다. 지금이라도 빨리하면 숙제를 마저 끝낼 수 있을 것이다. 나는 서둘러 뛰어 들어간다.

"안 나가면 재미없을 거야."

희지 목소리가 내 요란한 발소리 너머에서 들려온다. 교실 창문 아래 복도에서 곽민철이 열나게 핸드폰을 하고 있다. 얼굴 가득 웃음꽃이 피었다. 보나 마나 비밀연애 중인 내 짝 김채은이랑 톡하는 게 분명하다. 곽민철이랑 김채은은 성격이 차분하고 조용해서 있는 듯 없는 듯하다. 둘이 연애하는 것도 아무도 모른다. 나도 알려고 해서 안 게 아니라, 어쩌다가 채은이 톡할 때 알게 되었다. 아무리 조심한다고 해도 짝인 내 눈까지 속일 수는 없었을 것이다. 채은이 민철이랑 톡할 때 보면 그렇게 행복해 보일 수가 없다. 행복을 증명해 보이듯이 채은의 핸드폰도 더할 나위 없이 새빨갛다. 채은을 보면 십 대의 풋사랑이 얼마나 찬란한 건지 알 것 같다.

나는 행복한 기운을 콸콸콸 쏟아 내고 있는 곽민철 옆을 바람처럼 지나 교실로 들어간다. 수업 시작 차임벨이 울린다. 맘이 급해져서 베껴 쓰는 것도 제대로 할 수가 없다. 머릿속에서는 희지 말이 공회전하고 있다. 갑자기 채은이 옆구리를 쿡쿡 찌른다. 난 먼저 읽어 둔 문장을 베껴 쓰면서 동시에 채은을 본다. 채은이 손을 머리 위에 얹은 채 턱짓을 한다.

불길한 맘으로 얼른 채은이 가리킨 앞을 본다. 교탁 앞에 과학이 서 있고, 아이들이 하나같이 머리에 손을 얹고 있다.

"희지 이 웬수."

이빨이 절로 갈린다.

"거기, 머리에 손 얹으라니까 뭐 하는 거야? 숙제한 거 갖고 앞으로 나와!"

잔뜩 벼르고 있는 말투다. 간이 콩알만 해진다. 나는 쭈뼛거리며 공책을 들고 나간다.

과학이 내 공책을 꼼꼼히 살펴보더니 '자알 한다.' 하면서 손가락으로 내 이마를 콩콩 찍는다. 꼭 이렇게 숙녀 자존심에 팍팍 상처를 줘야 맛인가.

"베끼려면 끝까지 다 베껴야 안 걸리지, 인마."

과학 말에 아이들이 킥킥거린다. 성이화, 오늘 완전 스타일 구긴다.

"가서 마저 베껴."

아이들이 또 재수 없게 웃는다. 나는 넌지시 제일 크게 웃는 아이를 찾아낸다. 혜리다. 저걸 그냥.

청소 시간.

"이화야."

희지가 지나치다 싶을 만큼 문에 몸을 기대고 교실을 들여다본다. 금방이라도 고꾸라질 것 같다. 으이그, 저 찰거머리. 나는 움직이지 않고 '왜?' 하고 퉁명하게 묻는다. 희지가 병아리 날개 같은 손을 까딱까딱한다.

"할 얘기가 있어."

준영인가 뭔가 하는 날라리 때문에 왔겠지. 입안이 떨떠름하다.

"여기서 얘기해."

내 목소리에 날이 선다.

"여기선 좀."

희지는 교실에 있는 아이들을 재빨리 훑는다.

"여기서 못할 얘기면 하지 말고 가."

"왜 그렇게 잘난 척이야. 겁대가리 없이."

갑자기 희지 태도가 돌변한다.

"겁대가리 없는 건 이화가 아니라 바로 너 같은데."

책상 위에 비스듬히 앉아 있던 우연이 책상에서 과장되게 펄쩍 뛰어내린다. 그리고는 집게손가락을 세우고 콕콕 찌르는 시늉을 하며 희지를 향해 다가간다.

"넌, 뭐야? 말 다 했어?"

희지가 교실로 들어오려다가 뒤로 물러난다. 준영이 희지를 뒤로 잡아끌어 놓더니 성큼 들어온다.

"성이화, 잠깐 보자."

준영이 걸맞지 않게 예의 있게 군다. 그런다고 날라리가 어디 가냐?

"난 볼일 없어."

"내가 있다고 하잖아."

어딘가 강압적인 목소리. 이제야 너 같다.

"얜 없다잖아."

준영의 말이 끝나기 무섭게 우연이 대든다. 대들다니. 준영은 엄연히 일짱이다. 주짓수가 저렇게 사람을 겁 없게 만드는 건가. 주짓수 보라 띠, 부럽다.

우리는 학교 뒤뜰 쓰레기 적재장 옆으로 자리를 옮겼다. 먼저 우연이 준영에게 따라오라며 성큼성큼 앞서 걸어갔다. 준영은 '허참.' 바람 빠지는 소리를 뱉어 내더니 두말 안 하고 뒤따랐다. 그 뒤를 나와 희지가 쫄래쫄래. 나는 줄곧 이 어처구니없는 상황이 우습기도 하고 겁나기도 했다.

앞서 걷던 우연이 쓰레기 적재장 옆에서 떡하니 뒤돌아선다. 서 있는 폼이 맞짱이라도 뜰 기세다.

"니가 일짱이면 다야?"

초장에 기선 제압을 하려는 걸까? 우연의 목소리가 이순신 장군처럼 기세등등하다.

"뭐?"

그에 비하면 준영의 목소리는 케이오 핵 펀치를 맞아 이빨이 몽땅 빠져 부어터진 입에서 나오는 소리 같다. 가만, 그러고 보니 준영이 실실 쪼개고 있잖아. 하룻강아지 범 무서운 줄 모르네, 하는 저 표정은 뭐지?

"너한테 볼일 없는데도 널 만나 줘야 하냐고?"

우연의 목소리에는 아직도 힘이 가득하다.

"내가 볼일이 있다잖아."

준영의 목소리가 갑작스레 커진다. 그러면 그렇지. 발톱을 감춘다고 호랑이가 강아지가 되는 건 아니다.

"그러니까. 볼일 있는 건 너지, 얘는 볼일 없다잖아."

우연이 야무지게 따진다.

"니가 상관할 바 아니지 않나?"

너는 조용히 빠져 있으면 좋겠다는 준영의 저 세련된 제스처와 묵직한 목소리.

"아니, 상관해야겠는데."

그러거나 말거나 우연은 처음부터 끝까지 직진이다. 어디 가나 융통성 없는 성격은 알아줘야 한다.

"무슨 자격으로?"

"자격? 그야 절친 자격이지."

절친이라는 게 저렇게 힘 있는 존재구나. 자못 당당하다.

"그러니까 지금, 여기서 얘기해."

"싫다면?"

준영이 우연을 빤히 바라본다.

"싫으면 아예 하지 말든가."

우연은 이게 정답이지, 하듯이 딱 잘라 대답한다.

"너, 내가 누군 줄 알고나 까부는 거냐?"

준영이 하룻강아지 바라보는 호랑이 같다.

"우리 학교에서 너 모르는 애 있냐? 너 양아치잖아. 양아치 일짱."

"허, 너 겁대가리를 아주 배추에 쌈 싸서 먹어 치웠구나?"

분위기가 점점 험악해지는 것 같아 맘이 졸아든다.

"응. 나 겁대가리 쌈 싸 먹었다 왜?"

우연아, 그만해라. 주짓수 보라 띠가 얼마나 대단한 건지는 모르겠지만 그래도 준영인 일짱이다.

"여자는 건들지 않는다는 게 내 철칙인데, 너 때문에 철칙을 좀 깨야 되나 어쩌나 싶다."

"좋아, 한번 붙어 보자."

우연이 기다렸다는 듯이 불을 당긴다.

"됐다. 내가 아무리 양아치 짓 해도 여자를 패지는 않아."

휴, 다행이다.

"니가 팰지, 맞을지는 싸워 봐야 알지."

"그만하자."

준영이 어이없는 표정으로 한발 물러선다.

"다음에 보자."

준영이 내게 눈을 찡긋하고는 어기적거리며 가 버린다. 그렇다면 오늘의 한판은 무승부인가.

첫 키스와 포스트잇

해거름에 둑길을 혼자 걸어간다. 가끔 다니는 길이건만 오늘은 왠지 낯설게만 느껴진다. 꼭 어느 먼 나라의 처음 걸어 보는 길에서 더 먼 어느 나라의 한 번도 걸어 보지 못한 길을 향해 걸어가는 느낌이다.

학교가 끝나자마자 우연은 집에 일이 있다고 쏜살같이 가 버리고, 나는 혼자서 이 길로 접어들었다. 거의 매일 우연과 함께 다니면서 혼자 다니는 것에 일종의 원인 모를 두려움 같은 것을 가지고 있었는지 모른다. 그래서 더욱 우연과 함께하려고 했던 것은 아닐까?

오늘은 혼자라는 것이 그다지 두렵지 않다. 오히려 감미로운 해방감을 주는 것이 신기하다. 나는 모처럼 홀가분한 기분을 느끼면서 천천히 걷는다.

A시 외곽을 돌아 나가는 개천을 따라 난 둑길은 잘 다듬어져 있다. 군데군데 세련된 운동 기구들과 벤치가 설치되어 있고, 냇물과 둑길 사이 둔덕에는 꽃들이 사철 피고 진다. 둔덕 아래로는 좁다란 가로수 길이 냇물과 맞닿은 채 길게 이어진다.

오늘은 왠지 집에 들어가기가 싫다. 그냥 이대로 끝 간 데 없는 길을 걸어 다른 나라, 아니 다른 도시의 익숙하지 않은 길에라도 가닿고 싶다. 냇물은 석양으로 낯빛을 붉히고, 냇물 건너 낮은 집들과 건물들이 고요히 저녁을 맞고 있다. 둘러보는 모든 풍경이 아름답다.

나는 아름다운 풍경을 만끽하고 싶어 벤치에 앉는다. 하늘도 어쩜 저리 예쁜지. 꼭 누군가 하늘 귀퉁이에다 불을 피운 것만 같다. 활활 타는 하늘, 활활 타는 구름, 활활 타는 바람. 뜨거운 바람이 훅 불어오는 것만 같이 얼굴이 뜨거워진다. 황홀하다. 저토록 아름다운 풍경을 우연은 보고 있을까? 수희는 보고 있을까?

아름다운 풍경 앞에서 생각나는 사람이 있다면 그건 사랑하는 거라고, 어디선가 읽은 적이 있다. 나는 지금 이 아름다운 풍경 앞에서 왜 그 여자도 아닌 우연과 수희를 생각하는 걸까?

"여기서 뭐해?"

갑작스러운 소리에 화들짝 놀란다. 옆에 준영이 앉아 있다. 나는 얼른 주위를 둘러본다. 준영이 똘마니들은 한 명도 보이지 않는다.

"어? 그냥."

"와, 대박 멋지다. 그치?"

준영이 하늘을 가리키며 감탄한다. 너도 멋진 걸 아니? 준영의 얼굴이 노을빛으로 인해 감각적으로 보인다. 오뚝한 콧날이 반짝인다. 긴 속눈썹이 더 길어 보인다. 매끄러운 턱선과 목선에 드리운 음영으로 인해 더 잘생겨 보인다. 짙은 갈색 머리를 흔들면 금방이라도 후두둑 노을빛 물감이 떨어져 날릴 것만 같다. 짜식, 그래서 니가 잘났다고 나대는구나. 나도 모르게 심사가 꼬인다.

"멋지긴 뭐가 멋지냐, 저런 풍경 첨 보냐?"

나는 괜스레 톡톡 쏜다.

"어쭈, 그러니까 더 예쁜데."

준영이 내 얼굴에 손을 갖다 대려 한다. 나는 벌떡 일어나 빠르게 걸어간다.

"아, 미안. 그게 아니고……. 네 볼에 붙은 머리카락 떼어 주려고……."

준영이 허겁지겁 따라오며 사과한다. 그러거나 말거나 나는 못 들은 척하고 뛰다시피 한다. 준영이 어느새 내 앞을 가로막아 선다.

"성이화, 미안. 내가 잘못했어."

정중하게 사과한다. 까짓거 머리카락 떼어 주려 했다지 않는가. 한 번은 봐줘도 될 것 같다.

"그, 렇, 다, 면…… 용, 서, 해, 줄, 게."

나는 마지못해 용서해 주듯 느릿느릿 말한다.

"고마워. 사실 나 너 좋아해."

그렇다고 이렇게 훅, 들어오면 어쩌라는 거야?

"왜?"

"응? 왜라니?"

준영이 모르겠다는 표정이다. 모르긴 뭘 모르니? 날 왜 좋아하냐고!

"나에 대해서 알아?"

내 물음이 갑작스러웠나 보다. 준영이 더 의아한 표정이다.

"왜 날 좋아하냐고?"

"그야 예쁘니까."

준영이 아주 쉬운 답을 정확하게 맞힌 초딩 얼굴로 웃고 있다. 짜식, 잘생기긴 잘생겼네.

"그게 다야?"

그래도 어이없는 건 어이없는 거다. 아무리 잘생기고, 아무리 키가 크고, 아무리 해맑게 웃어도 아닌 건 아닌 거다.

"그럼 뭐가 더 필요해?"

"예쁜 애들 많잖아."

"그야 그렇지. 그런데 걔들은 내 스타일 아니야."

준영이 그윽한 눈빛으로 한 걸음 다가든다. 금방 사과하더니 또 뭐냐? 나는 얼른 뒤로 한 발 물러난다. 준영이 다시 한 걸음 다가온다. 다가오는 제스처나 말하는 폼이 어딘가 세련미를 풍긴다. 이래서 여자애들이 좋아하나 보다. 그렇다고 내가 반할 리야. 나는 다시금 뒤로 성큼 물러나며 재빠르게 말한다.

"알고 보면 나도 니 스타일 아닐걸."

"뭔 소리야?"

준영이 다시 한 발 다가온다. 집요하다. 그럼 그렇지. 내가 너 신사답다는 말 들어 보질 못했다. 순 양아치. 멀찍이 운동하는 사람들이 몇 있기는 하지만, 그들은 우리가 데이트하는 연인으로 보이는지 신경도 쓰지 않는 것 같다. 하긴 요즘은 교복 입고도 데이트 많이 하니까.

"더 두고 봐. 니 스타일인지 아닌지."

나는 승낙도 거절도 아닌 모호한 말을 하고 만다. 거절하면 준영이 당장 어떻게 나올지 겁이 난다. 주위는 어느새 어둑어둑해진 지 오래다.

"쉽지 않을 거라 예상은 했어. 좋아. 더 기다릴게."

준영이 생각보다 깔끔하다. 어쩌면 양아치라는 소문이 오류는 아닐까? 누군가에 대한 오해가 퍼지고 퍼져 진실이 되는 일은 많다.

우리는 둑길을 걷는다. 사위는 이미 짙은 어둠으로 캄캄하다. 남자인 준영이 있어서 그런지 무섭지 않고 어딘가 든든하다. 수희나 우연과 다닐 때는 한 번도 느껴 보지 못한 낯설면서도 희한한 감정이다.

둑길 아래 가로수길로 여학생과 남학생이 우리가 걷는 반대쪽으로 걸어가고 있다. 자세히 보니 남학생은 아무래도 곽민철 같다. 곽민철은 키가 크고 비쩍 말랐다. 별명도 멸치다. 멀리서 봐도 척 보면 안다.

저 여학생은 누구지? 채은인가? 채은은 아닌 것 같은데? 그럼 누구지? 동생인가? 뜨문뜨문 가로등이 있지만, 가로수 그림자에 가려 보였다 안 보였다 하는 여학생이 누구인지 도통 알 수가 없다.

둑길이 끝나고 도로에 접어들면서 준영은 나를 인도 안쪽으로 걷게 하고, 자기는 차도 쪽 인도로 걷는다. 나를 보호하려 한다는 게 느껴진다. 집에 다 와 가니까 걱정하지 말고 가라고 몇 번이고 말해도 듣지 않는다. 위험하다면서 집까지 바래다준다고 고집을 부린다. 남자들은 다 이런가?

집 앞 골목길에 다다랐다. 낯익은 가로등이 희미하게 골목을 비추고 있다. 가로등 몸통에 리리가 쓴 낙서가 보인다. 나는 둑길을 걸어 이국의 낯선 거리가 아닌, 이곳, 이 낯익은 거리로 다시금 돌아온 것이다.

"고마워. 잘 가."

내가 막 돌아서려는데 준영이 내 팔을 거세게 잡아끄는 바람에 내 몸이 반 바퀴 정도 휙 돌아갔다. 그와 동시에 준영의 입술과 내 입술이 맞닿았다. 나는 놀라 꼼짝할 수 없다. 시간은 멈추고, 공간은 빙글빙글 돈다. 도대체 무슨 일이 일어난 거야.

이건 아니다. 내가 꿈꾸던 첫 키스는 일방적인 키스가 아니라 함께 하는 키스다. 더구나 사랑하는 사람과 하는 아름다운 키스다. 나는 힘을 다해 준영을 밀어 버리고 따귀를 때린다. 그런데 이상하다. 손에 힘이 실리지 않는다. 맘 같아서는 준영이 넘어지도록 세게 때려야 하는데, 왜 그런 힘이 나오지 않는 걸까. 다리도 힘이 풀려 주저앉을 것만 같다. 나는 정신없이 달려가 집으로 뛰어들었다.

준영과 키스 아닌 키스를 하고 난 뒤 나는 줄곧 준영을 외면했다. 준영은 그런 나를 보며 괴로워하는 눈치다. 나를 만나러 직접 오기도 하고 친구를 대신 보내기도 하고 문자를 보내기도 했지만, 나는 모르쇠로 일관했다. 어떨 때는 내 사물함에, 내 소지품에 만나자는 내용의 포스트잇을 붙여 놓기도 했다. 그러면 그럴수록 나는 준영을 거들떠보지 않았다.

하루는 집 앞 골목에서 준영이 불쑥 나타나 기겁하는 줄 알았다.

"성이화, 나한테 왜 그래?"

준영은 핼쑥해진 모습이다.

"거두절미하고, 난 너랑 사귀고 싶지 않아."

나는 망설임 없이 딱 잘라 말한다.

"이유가 뭔데?"

"넌 내 스타일 아니야."

준영이 전에 둑길에서 한 말을 내가 할 줄은 몰랐다. 준영은 내 말에 적잖이 실망한 눈치다.

"그러니까 포기해."

한마디 던져 놓고 뒤도 안 돌아보고 집으로 갔다.

"난 절대 포기 안 해."

준영의 목소리가 따라 들어왔다. 말한 대로 준영은 포기하지 않았다. 준영이 내게 구애를 하면 할수록, 나는 우연과 더 가깝게 지냈다. 더 자주 우연과 분식집에 가고, 우연의 집에 갔다.

우연의 방 창문은 둥글다. 사각 창문보다 부드럽고 신비로워 보인다. 또 하나 눈에 확 들어오는 것은 한쪽 벽면, 그러니까 침대 바로 옆에 어지럽게 붙어 있는 포스트잇.

　－ 난 이해받고 싶어.

　－ 그래도 세상은 살 만해.(씨익)

　－ 나는 나야. 히힛.

　－ 다 필요 없어. 너만 있으면 돼!(간절히)

　－ 사랑해. 사랑한다고!(절절히)

　－ 난 자유를 원해. 자유! 자유! 자유!(육체를 떠나 날아가는 영혼처럼)

몇 개의 포스트잇은 거꾸로 붙어 있다. 나는 그것을 바로 펴 본다.

　－ 우리 집에는 말없음표가 산다. 그 말없음표 때문에 질식할 것 같다.

　－ 우리는 왜 이렇게 살아야 하나? 꼭 이렇게 살아야 하나?

　……..

우연의 고백 같은 말이 쓰여 있다. 우연에게서 직접 고백을 들은 듯 가슴 한가운데가 저려 온다. 우연이 이렇게 힘들게 견디고 있을 줄은 몰랐다. 그저 많은 아이들에게 관심과 추파를 한 몸에 받는 부러운 아이. 내 맘을 설레게 하는 아이. 그래서 같이 있고 싶고, 같이 놀고 싶은 아이로만 생각해 왔다.

나는 다음 포스트잇을 들어 올리려다 만다. 우연이 들어온다.

"이거 마셔. 우리 엄마는 자. 간밤에 한잠도 못 잤을 거야."

우연이 노란 주스가 찰랑찰랑하게 든 잔을 건네준다. 목이 탄 나는 단숨에 들이켠다.

"웬 포스트잇이니?"

짐짓 무심한 척 모닝 빵을 뜯으며 묻는다. 겉으로는 아무렇지 않은 척했지만, 심장은 빠르게 뛰고 있다. 준영이 내게 만나자고 고백해 오는 포스트잇, 그 포스트잇이 우연에게는 이렇게 아프게 쓰이는구나!

"으응, 그거? 표정 연습하는 거야. 거기 적힌 문장대로 표정을 짓는 거지. 표정을 얼마만큼 문장에 맞게 짓느냐, 얼마나 개성 있게 짓느냐가 문제거든."

나는 고개를 끄덕인다.

우연이 티스푼으로 녹차를 휘휘 젓는다. 이 더운 여름에 뜨거운 차라니. 그것도 달콤한 코코아도 아니고 고약한 냄새가 나는 녹차.

우연이 티스푼으로 젓자 컵 속에 소용돌이가 생겨난다. 시든 나뭇잎 같은 찻잎이 소용돌이 언저리를 빙빙 돈다. 나는 물끄러미 우연이 하는 모습을 바라보고만 있다.

"난 가끔 숨 막혀 죽을까 봐 겁이 나. 말 안 하는 사람하고 사는 거. 그거 미친 짓이야!"

우연은 녹차를 젓다 말고 티스푼을 내려놓는다. 찻물이 한동안 격정적으로 돌다가 잠잠해진다. 어느새 소용돌이도 사라진다. 기진맥진한

찻잎들이 밑바닥으로 가라앉는다.

고양이 울음소리가 창문 아래에서 들린다. 우연이 모닝 빵을 반으로 잘라 던져 준다. 고양이는 빵을 물고 뜰 구석에 박힌 바윗돌 위에 가서 뜯어 먹는다. 고양이 위로 불어 터진 햇살이 부슬부슬 내리고 있다.

"엄마 공장 간다."

우리가 창밖을 보고 있을 때, 거실에서 소금에 절인 푸성귀처럼 흐물거리는 여자 목소리가 들려온다.

"오늘은 좀 쉬어. 엄마 안 나간다고 공장이 하루아침에 문 닫는 것도 아니잖아."

우연이 큰 소리로 투덜거리며 방을 나간다. 나도 얼른 따라 나가 인사를 한다. 벙거지를 눌러쓴 우연 엄마가 재밌게 놀다 가라 이르고 나간다.

"닭 모가지 치러 가는 거야."

우연의 담담한 목소리와 달리 나는 하마터면 소리를 지를 뻔했다.

"공장이 닭 잡는 공장이거든. 닭고기 납품하는 곳."

"너네 엄마 아픈 것 같은데, 굳이 왜 나가시니?"

"엄마가 하는 일이 많아."

"근데 왜 너네 아빠는 말을 안 하셔?"

"엄마가 돈을 몽땅 날린 적이 있어. 그때부터 그래. 그깟 돈이 뭐라고, 쳇."

우연이 국수 가락 끊듯이 뚝뚝 끊어 말하더니 잡지나 보자고 한다.

"이 모델 봐. 연기 죽이지 않냐?"

"캬, 뱀눈같이 갸름한 눈매 매력 있어."

"이럴 땐 이런 표정을 지어야 하는 건데. 어때, 내가 더 연기 잘하지?"

우연은 잡지만 보면 신바람이 나는 모양이다. 세상에서 가장 재미있는 놀이를 하는 어린아이처럼 행복해 보인다.

나는 금방 싫증 난다. 그래도 우연의 기분을 망치고 싶지 않아서 울며 겨자 먹기 식으로 대강 훑어본다.

내가 건성으로 휘리릭 책장을 넘길라치면, 우연은 이건 어떻고 저건 어떻다며 달뜬 목소리로 일일이 설명한다.

잡지 보기에 진력이 나서 나는 방 안을 둘러본다. 포스트잇이 눈에 들어온다.

"저러다 벽이 온통 포스트잇으로 덮이는 거 아냐?"

"그러기 전에 내가 이 방을 나가게 될 거야."

우연이 드디어 잡지를 덮으며 대꾸한다. 잡지 때문에 줄곧 불편했던 내 맘이 조금 편해진다.

"모델이 되면 곧바로 여길 뜰 거야."

"고등학교까지는 졸업해야 되잖아."

우연이 당장 가 버리는 것도 아닌데 우연마저 정말 가면 어쩌나, 하는 걱정이 앞선다.

"도둑고양이였으면 좋겠어. 맘대로 쏘다닌다고 누가 뭐라 하지도 않잖아."

"그렇지만 먹고 사는 게 투쟁이잖아."

"그래. 그래서 나 알바하려고. 도장 수강료도 내 힘으로 내고 조금씩 모아 두려고."

우연이 침대에 몸을 던진다. 덩달아 포스트잇이 한꺼번에 화르르 몸을 떤다.

어떻게 해야 오롯이 '나'일 수 있을까?

　며칠 내내 비가 내린다. 밑도 끝도 없이 우울하다. 원래부터 그렇지는 않았는데 언제부턴가 비가 오면 우울해진다. 아마도 그 남자와 함께 살기 시작하면서 그런 것 같다. 그 남자와 함께 산다는 건 아빠와 함께 살 수 없다는 걸 의미했다. 목이 마르다.

　물을 마시러 나가는데, 그 남자와 리리가 나란히 앉아 디즈니 영화를 보고 있다. 깨소금이 한 말은 쏟아질 것 같은 얼굴을 하고 있는 리리와 리리보다 한 말은 더 쏟아 낼 것 같은 그 남자의 얼굴을 보니 나도 모르게 질투가 난다.

　둘이서 보고 있는 영화는 〈호두까기 인형과 4개의 왕국〉이다. 영화가 끝나면 그 남자와 리리는 신나게 노래를 부르며 놀 것이다. 그것이

리리와 그 남자의 진부한 레퍼토리다.

리리는 시종 낄낄거리면서 영화를 보고 있다. 그렇게 낄낄 쪼개니까 좋냐? 쥐방울만 한 게 쪼개긴. 그러거나 말거나, 잠이나 자야겠다.

얼마나 잤을까. 고구마 타는 냄새가 예민한 내 후각을 자극한다. 고구마라면 자다가도 깨어나는 나다. 날래게 일어나 냄새를 따라 진원지로 갈 수밖에.

"그러게 그냥 찌기만 하면 되지 번거롭게 굽기까지 할 건 뭐 있어?"

부엌에서 그 여자가 잔뜩 부은 목소리로 투덜거린다. 살림이라면 무엇이든 쉽고 빠른 방법을 택하는 그 여자다. 그렇다고 쫄쫄 밥을 굶기는 것도 아니고, 꾀죄죄한 옷을 입히는 것도 아니다. 그러므로 '불만 있어?' 하고 묻는다면 할 말은 없다.

"리리가 군고구마를 더 좋아한다는 건 당신도 알잖아."

그 남자가 석쇠에 호일로 싼 찐 고구마를 올려놓고 굽고 있는 중이다. 리리한테는 그 남자가 친아빠라는 사실을 나는 가끔 뼈저리게 확인하며 살고 있다.

"아빠, 내가 제일 큰 거 먹을래."

리리는 조바심이 나는지 접시를 만지작거리며 식탁에 앉아 있다. 리리가 하는 반말이 자기는 아빠와 친근한 사이라고 과시하는 것처럼 들린다. 접시를 만지작거리던 리리가 이번에는 핸드폰을 한다. 핸드폰이 빨갛게 달궈진다. 그걸 보는 내 눈도 빨갛게 달궈진다. 핸드폰을 움켜쥔 내 손에 힘이 들어간다.

내 핸드폰은 여전히 분홍색이다. 나는 저 사람들을 미워하는데 왜 저 사람들 앞에서 내 핸드폰은 분홍색을 띠는지 모르겠다. 나는 리리라도 볼까 봐 핸드폰을 잽싸게 주머니에 쑤셔 넣고는 팽 돌아 거실을 가로지른다.

내가 나온 사실을 아무도 눈치채지 못한다. 괜스레 심통이 난다. 에잇, 물바다나 돼라. 나는 베란다 창문을 활짝 열어 놓고 대문을 나선다.

딱히 갈 곳이 없다. 발길 닿는 대로 무작정 걷는다. 비는 무섭게 퍼붓는다. 이대로 가다가는 빗물에 휩쓸려 갈 것만 같다. 겁이 난다. 그러면서도 한편으로는 휩쓸려 사라지고만 싶다. 아무도 모르게. 아니 정말은 아무도 모르면 안 되고, 곧 내가 사라진 것을 알고 후회하게.

길가에 능소화가 흐드러지게 피어 있다. 가슴이 아리다. 내가 아주 어렸을 적에, 동네에 피어 있는 꽃의 잎을 따다 엄마 아빠한테 선물하곤 했다. 개나리, 철쭉, 목련, 장미, 사루비아, 능소화……. 무슨 꽃이 피든 그 꽃잎들은 모두 내가 엄마 아빠한테 줄 수 있는 선물이었다. 꽃잎 선물을 받은 엄마 아빠는 행복하게 웃었다. 그 모습이 눈에 선하다.

나는 떨어져 있는 능소화 꽃잎을 툭툭 발로 차며 걷는다.

나도 모르게 도착한 곳은 우연의 집 앞이다. 골목에 들어서다가 그 사실을 알았다. 어느새 칠부바지가 무릎까지 흠뻑 젖어 있다. 우연의 방 둥근 창문을 보니 안도의 한숨이 절로 나온다.

다행히도 우연이 집에 있다. 우연이 아르바이트를 시작한 뒤로 학교나 알바하는 매점 밖에서는 좀처럼 만나기 쉽지 않았는데 행운이다.

우연의 방 침대가 놓인 벽면에 여전히 포스트잇이 붙어 있다. 그새 몇 개가 늘어났는지 아니면 줄었는지는 모를 일이지만, 포스트잇은 어쩐지 비 오는 소리와 더불어 기묘한 풍경을 자아낸다.

그것은 침대의 한쪽 날개처럼 보인다. 날개 하나로 날 수 있을까? 퍼뜩 떠오른 생각에 나는 도리질을 한다.

"무슨 생각을 그렇게 해?"

우연이 팝콘을 갖고 들어온다.

"한쪽 날개로 날 수 있을까?"

내 뜬금없는 물음에, 어처구니없는지 우연은 무심히 팝콘을 한 줌 집어 입에 털어 넣으며 말한다.

"한쪽 날개로 어떻게 나니?"

우연 목소리가 이명처럼 울려온다.

"정말 한쪽 날개로는 날 수가 없는 거야?"

대답을 얻고자 한 말은 아니다. 그 말이 내 의지와는 상관없이 내 입에서 저절로 흘러나왔다. 정말 한쪽 날개로 날 수 있는 것은 정녕 없는 것일까. 날개가 꼭 그렇게 악착같이 마주 붙어 있어야 날 수 있는 걸까. 이 세상 어딘가에 이 원칙을 깨고 한쪽 날개로 나는 생물이 있을 것만 같다. 아니 있기를 바란다. 그러나 아무리 머릿속을 뒤져도 그런 생물을 찾아낼 수가 없다.

"그래서……. 그 여자는 그 남자와 재혼했을까? 그리고 너네 엄마는……."

"말없음표하고 말 한마디 하지 않고도 결혼생활을 유지하고 있는 거지. 나한테 한쪽 날개를 빼앗지 않기 위해서. 아무튼 고리타분하다니까. 엄마 아빠가 다 있어야만 날개 있는 새라고 생각하는 것 자체가 진부한 사고방식 아니야?"

우연의 모든 말들이 오늘따라 모질게 들리는 것은 아무래도 장대로 쏟아지는 비 탓인가 보다.

"새⋯⋯. 날개⋯⋯."

나는 또 중얼거린다. 목소리가 우듬지에서 떨어지는 삭정이처럼 흔들린다. 거실에서 전화벨이 끈질기게 울리고 우연이 방을 나간다.

다시 포스트잇을 본다.

— 겁날 것 없어. 세상은 내 거니까.

— 최대한 파격적인 이미지로 설득하라.

— 까짓것, 한번 해 보는 거야.

— 거침없이 스텝, 스텝.

⋯⋯.

포스트잇은 나름의 철학을 새기고 깃털처럼 벽면에 붙어 있다. 나는 뒤집힌 포스트잇을 들춰 보지 않는다. 그 끔찍한 상처를.

우리는 날개가 지독히도 아픈 새인지 모른다.

"너네 엄마 전화야. 잘 모시고 있으니까 걱정 붙들어 매시라고 했어."

나와 우연이 핸드폰을 받지 않아 집으로 전화를 한 모양이다. 나는 언제부터인가 우연 앞에서 핸드폰을 꺼내지 않으려 애쓴다.

다들 군고구마를 먹고 있겠지. 단란한 식탁 풍경이 그려진다. 나는 벌렁 침대 위에 누워 버린다.

"사라져 버릴까?"

내 입에서 다짜고짜 이 말이 툭 튀어나온다. 내 물음보다 우연 대답이 더 가관이다.

"꺼져 버리자. 쥐도 새도 모르게."

우연이 내 옆에 눕는다.

쥐도 새도 모르게……. 이래서 수희는 잠수를 탔을까. 주책없이 눈물이 난다. 찔찔 짜는 건 나답지 않다. 아예 속 시원히 울자. 나는 엉엉 운다. 비는 더 거세게 온 천지를 위협하고 있다.

우연도 어느새 악을 써 대며 울고 있다. 그렇게 한참을 울고 나서 우리는 누가 먼저랄 것도 없이 울음을 그치고 웃는다. 처음엔 가볍게 시작되었던 웃음이 차츰 격렬해진다. 서로를 간질이며 웃어 대다가 나중에는 상대에게 베개를 던지며 깔깔거린다. 방 안이 온통 난장판이다.

순식간에 방은 그야말로 초토화되었다. 베개는 방구석에 내동댕이쳐져 있고, 침대 시트는 찢어진 속치마처럼 질질 흘러 내려와 있다. 거기다 먹다 만 팝콘은 하늘에서 잘못 떨어진 눈 형상으로 여기저기 흩어져 나뒹군다. 우리는 아수라장이 된 방을 보고 또다시 한바탕 폭소를 터뜨린다.

"울다가 웃으면 엉덩이에 뿔 난다는데."

우연이 '어쩜 좋아.' 하면서 웃음을 딱 멈춘다. 멈추지 마. 그냥 계속 웃자. 엉덩이에 뿔 아니라 바늘이 뭉텅이로 돋는다 해도, 울다가 맘껏 웃을 수만 있다면 바늘집이 된들 어때. 나는 팝콘을 하나하나 주워 먹으며 실없이 실실거린다.

오랜만에 우연과 신나게 놀고 나니 스트레스가 확 풀린다. 우연은 맥도날드 크루가 되어 교육이다 오리엔테이션이다 뭐다 하면서 눈코 뜰 새 없이 바빴다. 학교 끝나자마자 달려갈 때도 있고, 주말에 일할 때도 있다. 오늘도 일찌감치 저녁 먹고 가서 밤 10시까지 일해야 한다고 한다.

우연이 맥도날드에서 알바하게 되었다고 했을 때, 유니폼 입고 일하는 상상을 하며 부러워했다. 맥도날드는 세계적인 글로벌기업 아닌가. 지금은 멋모르던 부러움이 싹 가셨다.

"맥도날드는 말이야 십 대 노동력을 지능적으로 착취하는 것 같아. 가령 노동법을 지키기 위해 노동 시간 4시간마다 반드시 30분씩 휴식 시간을 주는데, 휴식 시간은 시급에서 제외야."

합법적인 임금 꺾기다.

"휴식 시간도 손님이 뜸한 시간에 준다. 웃기지 않니? 그럴 땐 안 쉬어도 돼. 내가 쉬고 싶은 시간은 손님 많은 시간이라고. 너무 바빠 돌 것 같은 시간 말이야."

우연의 하소연을 들으면서 알바 중에 쉬운 게 어디 있냐고 일침을

수상한 연애담

놓았지만, 맘이 불편했다.

"더 웃긴 건 말이야, 일하다 보면 내가 기계 부속품이 된 것 같은 기분이 든다는 거야. 주문받고, 결재 돕고, 음식 주고……. 이런 걸 무한 반복한다고 생각해 봐. 그것도 초스피드로."

우연이 알바하는 맥도날드는 A시의 번화가 중심에 있다. 유동 인구가 가장 많은 곳이다. 손님이 많을 수밖에 없을 것이다. 더구나 패스트푸드점. 미친 속도감만이 존재하는 곳이다.

"맥도날드는 음식을 파는 곳이 아니야. 속도를 파는 곳이지. 햄버거? 우린 햄버거를 만들어 팔지 않아. 본사에서 보낸 햄버거 조각들을 조립해서 팔 뿐이야."

학교에서도 그저 시스템의 일부일 뿐이라 생각했는데, 알바 현장에서까지 그러면 우리는 어디에서, 어떻게 오롯이 '나'일 수 있을까?

준영에게 내 핸드폰은 회색빛이다

　나는 순식간에 준영의 똘마니들에게 둘러싸였다. 책 빌리러 시립도서관에 가던 길이다. 준영은 없다.

　"준영이가 좀 보재."

　울프컷을 한 아이가 말한다. 헤어스타일 때문인지 얼굴이 늑대 이미지다.

　"비겁하게 왜 너네들 뒤에 숨은 건데?"

　"그거야 성이화, 니가 본 척도 안 하니까 그렇지."

　사각 턱이 두드러진 아이가 변명한다.

　"나 바빠."

　나는 나를 둘러싸고 있는 아이들 틈을 빠져나가려 한다. 그러자 앞

머리에 왁스를 잔뜩 처바른 아이가 가로막는다. 하늘로 치솟은 머리카락 때문인지 키가 위협적으로 커 보인다. 이 애들은 내가 말을 들을 때까지 집요하고도 끈질기게 자신들의 뜻을 관철하고자 노력할 것이다. 그게 준영에 대한 의리라고 여길 테니까.

"가는 게 좋을 거야."

왁스가 거만하게 말한다. 공갈인지 모르겠지만, 순순히 아이들을 따라간다.

우리가 닿은 곳은 오일장이 서는 중앙거리 끝에서 꺾어진 골목 어귀 3층 집이다. 아이들은 나를 3층 현관 앞까지 데려다 놓고 가 버렸다. 나도 그냥 가 버릴까 하는데 현관문이 열린다.

"와 줘서 고마워. 어서 들어와."

준영이 수줍게 웃는다. 믿어도 될 듯한 이 수줍은 웃음. 준영이 어렸을 때를 보는 것 같다. 착하고 수줍던 아이. 누구한테나 친절하던 아이. 일짱이라는 꼬리표는 아마도 사춘기를 건너는 준영이 택한 잘못된 방법일 것이다.

준영을 따라 들어간 집엔 아무도 없다.

"왜 보자고 한 건데?"

나는 단도직입적으로 묻는다.

"잠깐만 들어와 봐."

준영이 내 손목을 잡아끈다. 준영의 방인 듯하다. 준영이 책상에 놓여 있는 상자를 집어 들더니 한쪽 무릎을 꿇고 내게 내민다.

"받아 줘."

도대체 뭔 생쇼를 하는 건지 모르겠다.

"뭐야?"

그래도 뭔지 궁금하긴 하다.

"목걸이."

반지 아니면 목걸이일 거라고 짐작은 했다. 요즘 커플들이 다 커플링을 나눠 낀다든지 은밀하게 목걸이를 나눠서 한다는 걸 익히 알고 있다. 좀 유치하게 생각되긴 했어도, 이따금 꿈꿔 보기도 했다.

"목걸이? 왜?"

빤하지만, 이런 문제일수록 분명하게 짚고 넘어가야 한다.

"좋아해. 아니 사랑해."

준영의 눈빛이 간절하다. 자칫 간절하고 매력적인 눈빛에 넘어갈 수도 있겠다. 정신 차리자.

"싫어. 난 너 안 좋아해."

이건 맞는 말이다. 난 이제껏 남자 누구도 좋아한 적 없다. 준영이 우리 학교, 아니 어쩌면 A시에서 제일 잘생긴 미남이라고 해도 좋아할 것 같지는 않다.

"넌 왜 내가 싫은 건데?"

내 스타일 아니라는 말로도 설득이 안 된 모양이다. 그 무엇보다 확실한 답도 설득력을 상실하곤 한다.

"그건……. 그건……."

뭐라고 해야 할지 모르겠다. 내가 남자를 좋아하지 않는다고 하면 웃길까? 어쩐지 여자한테 맘이 끌린다고 하면 이상할까? 그렇겠지. 내가 생각해도 이상한데.

"지금 당장 안 좋아해도 돼. 천천히 좋아해 주면 돼."

대답 못 하는 내가 궁색하게 보였던 걸까. 준영이 자못 너그러운 남자라도 된 듯 오지랖이다.

"난 공부 잘하는 애가 좋아. 너처럼 날탱이는 싫다고."

준영을 단념시키는 데는 이렇게 말하는 게 제일일 것이다. 공부하고는 먼 아이니까.

"그래? 그럼 내가 공부 잘하게 되면 사귈 거야?"

준영의 얼굴 표정이 순식간에 차가워진다. 날탱이란 말 때문인가 보다. 아 이런, 입방정. 여긴 호랑이 굴인데.

"그, 그럴게."

죽어도 공부 안 할 아이라는 것을 알기에 이렇게 대답한다. 내 대답에 삽시에 풀어지는 저 얼굴. 정말 단순한 애완동물을 보는 것 같다.

"그럼 이건 미리 받아 줘. 니가 목에 걸고 있다고 생각하고 열심히 공부할게."

준영이 상자에서 목걸이를 꺼낸다. 은색 줄에 은색 손톱 달이 달린 목걸이가 예쁘다. 나는 홀린 듯 바라본다. 이토록 아름다운 목걸이를 본 적이 없다. 아름다운 보석에 눈멀지 않기는 정말 어렵다.

내가 홀린 듯 멍하니 있자니, 준영이 내 목에 목걸이를 걸어 준다.

내가 이러지도 저러지도 못하고 망설이는 사이, 목걸이가 내 목에 걸린다. 그리고…….

후끈한 입김이 내 귓불을 데운다. 턱을 데운다. 그러고는…… 마침내…… 내 입술을…… 데, 운, 다…….

나는 꿈을 꾸듯 미동도 하지 않은 채 서 있다. 무엇인가를 느껴 보려는 듯이. 이왕에 첫 키스는 저질러졌다. 한 번이 어렵지 두 번은 쉽다. 나는 순순히 준영의 말랑말랑한 입술을 허락한다.

내가 느껴 보려는 것은 설렘 같은 감정이다. 이 잘생긴 남자애한테 다른 여자애들이 느낄 그런 감정 말이다. 그런데…… 그런데…… 이, 상, 하, 다…….

준영이 살짝 내 입술을 깨문다. 조금 아프다. 준영의 혀는 물고기 같다. 매끄럽고 날렵한 물고기 한 마리가 내 입속에서 헤엄친다. 황홀한 순간이다. 아니, 그래야 맞다. 그런데 아무렇지도 않다. 황홀하지도 행복하지도 않다. 이건 아니다……. 이건 아니다……. 나는 갑자기 꿈에서 깨어나 준영을 밀쳐 내려 한다. 그러나 내 허리를 두르고 있던 준영의 팔이 조여 온다.

나는 있는 힘을 다해 준영을 밀쳐 내고 몸을 빼낸다. 그리고 순식간에 팔을 뻗어 손바닥으로 준영을 제지한다. 준영은 장풍이라도 맞는 듯 굳은 채 꼼짝하지 않는다.

"가까이 오지 마. 죽여 버릴 거야."

나는 잔뜩 독 오른 살쾡이처럼 으르렁거린다.

"알았어. 진정해. 미안."

준영이 한껏 미안한 표정으로 말한다.

"난 니가 너무 좋아."

"미쳤어, 너."

"응, 나 미쳤나 봐."

그러고는 마침 생각났다는 듯 핸드폰을 꼭 쥐더니 내게 보여 준다. 빨갛게 달궈진 핸드폰이 나를 올려다보고 있다.

"이래도 못 믿겠어? 얘가 다 말해 주잖아. 이건 의심의 여지가 없는 거야. 너도 알잖아."

그래, 나도 안다. 요즘 핸드폰이 사랑값을 나타낸다는 거. 사람의 심장박동 수, 감정으로 인한 체온 변화, 근육의 수축과 이완, 혈압, 혈액 순환의 정도, 미세 혈관의 진동, 눈길의 각도, 눈빛의 온도, 사용되는 언어의 의미 등등 과학적인 데이터로 사랑값을 매겨 색깔로 변환시킨다는 것. 검은색은 미움과 분노. 회색은 무관심. 분홍색은 우정, 우애 따위. 빨간색은 최애. 그러니까 죽고 못 사는 연애 감정이나 각별한 가족애.

이건 선택의 여지가 없다. 선택할 수 있는 서비스가 아니다. 핸드폰 그 자체다. 전원을 켜지 않아도 꼭 쥐고 있기만 하면 색깔이 변한다. 이런 새로운 기능의 핸드폰이 나온 지 꽤 되었다.

내가 유치원 다닐 때는 체온에 따라 색깔이 변하는 반지가 있었다. 여자아이들은 그런 반지를 유난히 좋아했다.

요즘은 여자아이들뿐만 아니라 남자아이들도 사랑값을 매겨 주는 핸드폰에 열광한다. 사랑값으로 운명의 상대를 기다릴 거라느니, 운명의 상대를 만났다느니 한다. 한껏 기대하기도 하고, 실컷 들뜨기도 하고, 쏙 빠지기도, 푹 꺼지기도 한다. 온통 그놈의 사랑값에 매달려 있다. 어떤 아이들은 마음을 들키지 않기 위해 기를 쓰는데 그 방법도 가지가지다. 남들 앞에서 절대 핸드폰을 하지 않는가 하면, 몰래 하기도 한다. 지나치게 두툼한 케이스로 핸드폰을 싸는가 하면, 비둔해 보일 정도로 두꺼운 장갑을 끼고 만지는 우스꽝스러운 장면을 연출하기도 한다.

준영 핸드폰이 나를 최애라고 말한다 해도 달라질 건 아무것도 없다. 내 핸드폰은 지금 이 순간 내가 아무리 꼭 쥐어도 회색빛일 것이다. 그렇다고 준영에게 그걸 증명해 보인다면 너무 잔인한 것 같아서 그러지는 않는다.

"사랑은 이런 게 아니야. 분명 이런 건 아니라고."

나는 팔을 뻗고 손바닥을 펼친 채 절규한다. 나도 사랑이 어떤 건지는 잘 모르겠다. 그래도 이런 게 아닌 것만은 분명히 알 수 있다. 한쪽만이 사랑하는 게 아니라 양쪽이 함께 사랑하는 거. 설레는 거. 봐도 설레고, 키스해도 설레는 거. 그게 내가 생각하는 사랑이다.

"성이화, 난 널 위해서라면 뭐든지 할 수 있어. 뭐든 할 수 있다고."

웃기지 마. 뭐든 한다는 게 쉬운 거 아니야.

"개소리 마."

나는 일축해 버리고 뛰어나간다. 밖에는 햇살이 쏟아지고 있다. 햇살은 내 목에 걸린 목걸이에도 쏟아진다.

"널 위해 뭐든 할 수 있다고."

준영의 말이 파문처럼 햇살 속을 퍼져 나간다. 이 화창한 대낮에 이 무슨 난리인가. 나는 목걸이를 뜯어내 버리고 달린다.

내가 어느 만큼 준영을 싫어하는지 나는 모르겠다. 다만 좋아하지 않는다는 것은 확실히 알고 있다. 준영에게는 설레지 않는다. 얼굴을 봐도 설레지 않는다. 해맑은 미소를 봐도 설레지 않는다. 키스할 때도 전혀 설레지 않았다. 그게 신기하다면 신기할 뿐이다.

그래도 혹시나 해서 준영을 보거나, 준영을 만나거나, 준영에 대한 소식을 듣거나 할 때, 핸드폰을 꼭 쥐고 살펴보지 않은 건 아니다. 내가 볼 때마다 내 핸드폰은 회색빛이었다.

소문에 의하면 준영이 요즘 공부를 열심히 하는 것 같다. 노는 애들과 어울리지도 않고 죽어라 하고 공부한다고 한다. 그런 소문이 들릴 때마다 좀 불안하다. 두렵기까지 하다. 설레지도 않은 아이와 사귀어야 한다면 그건 분명 곤혹스러운 일일 것이다.

요즘 갑자기 머리가 복잡하다. 안 그러려고 하는데도 공연히 준영이 신경 쓰인다. 게다가 무슨 일인지 채은은 수업 시간이고 쉬는 시간이고 툭하면 책상에 엎어져 있다. 그러다가 몰래몰래 핸드폰을 하는데

핸드폰이 빨간색이었다가 검은색이었다가 분홍색이었다가 그야말로
변화무쌍하다.

나도 모르게 멸치에게 눈이 돌아간다. 멸치 핸드폰은 핸드폰하는 내
내 회색빛이다. 차라리 안 보면 좋을 텐데. 내 자리에서는 반 아이들이
너무도 잘 보인다. 저놈의 사랑값을 매겨 주는 핸드폰만 없다면 아무
것도 모를 텐데. 나는 애먼 핸드폰을 탓해 본다.

> 내 그대를 생각함은 항상 그대가 앉아 있는 배경에서 해가 지고 바
> 람이 부는 일처럼 사소한 일일 것이나 언젠가 그대가 한없이 괴로
> 움 속을 헤매일 때에 오랫동안 전해 오던 그 사소함으로 그대를 불
> 러 보리라.

지금 왜 하필 황동규 시인의 〈즐거운 편지〉가 떠오르는 것일까? 나
는 〈즐거운 편지〉를 속으로 읊는다.

'내 사랑도 어디쯤에서 반드시 그칠 것을 믿는다.'

황동규 시인이 까까머리 고딩 때 이 시를 써서 짝사랑하는 여대생에
게 주었다는 이야기가 사실일까? 사실이라면 그 여대생이 시인의 첫
사랑일까? 별게 다 궁금해진다. 채은은 멸치가 첫사랑일까? 멸치는 채
은이 첫사랑일까? 다시 머리가 복잡해진다.

이런들 어떠하리, 저런들 어떠하리. 만수산 드렁칡이 얽혀진들 어

떠하리. 우리도 이와 같이 백년까지 누리리라.

머리 복잡할 때는 이방언의 〈하여가〉를 읊으면 좋다.

나는 머리가 복잡해질 때마다 〈하여가〉를 읊으며, 변함없이 우연과 어울린다. 툭하면 맥도날드에 가서 햄버거를 사 먹고, 우연이 알바 없는 날에는 우연의 집에서 논다.

우연의 방에 들어가자, 우연이 잡지 한 권을 내 앞에다 던진다.

"잡지나 보자."

이크, 또 잡지. 우연은 잡지 훑는 재미가 감칠맛이라는데 나는 죽을 맛이다.

"잡지는 됐고, 음악이나 듣자. 클래식으로."

우연이 '클래식보다 팝이 더 좋은데.'라며 느릿느릿 유튜브에서 클래식 음악을 찾아 들려준다. 우연의 핸드폰은 오늘도 빨갛다. 나는 그걸 애써 외면하고 눈을 감는다. 잔잔한 선율이 빗소리에 엉겨 청승맞게 방 안을 떠돈다.

"너 좋은 거로 해라."

오늘따라 전혀 아름답게 느껴지지 않는 음악이 부담스럽다. 우연이 재빨리 음악을 바꾼다. 재즈가 갑자기 둑 무너진 보에서 물 쏟아지듯 터진다.

우연은 물 만난 물고기처럼 몸을 흔들어 댄다. 가사를 따라 부르며 해맑게 윙크를 하기도 하고, 한동안 집게손가락으로 나를 지목하며 노려보기도 한다. 그러는가 하면 골반으로 공을 세게 차올리듯 엉덩이를 씰룩거린다. 정말로 우연 골반을 향해 공을 던지면, 던지자마자 공이 재빨리 튕길 것 같다.

엉덩이 흔들림의 반동으로 흐느적거리는 날렵한 허리는 바람결에 날리는 수양버들 같다. 몸이 한 바퀴 돌 때면 티셔츠가 몇 가닥 사선을 그으며 허리에 휘감기곤 한다.

다리가 서로 부딪칠 때마다 착 달라붙은 스키니진에서 맑은 마찰음이 들린다. 허벅지 부분은 찢어져서 속살이 훤히 다 보인다. 속살이 새하얗다.

속살보다 하얀 사각 액자가 티셔츠의 가슴 부분에 떡하니 찍혀 있다. 사각 액자 안에는 이국의 록밴드 그룹이 흑백 영화의 한 컷으로 박혀 있다. 우연이 움직일 때마다 록밴드 멤버의 얼굴들이 이리저리 일그러진다.

물속에서 헤엄치는 물고기처럼 유연하게 움직이는 우연 몸이 말 그대로 자유를 연출해 내고 있다. 가족과의 관계나 알바에서 오는 스트레스를 다 날려 버릴 기세다.

나도 우연을 따라서 춤을 춘다. 잘 돌아가지 않는 허리를 돌린다. 뻣뻣한 다리를 들었다 놓는다. 팔을 접었다 편다. 우습기 짝이 없는 춤을 요란스레 추어 댄다.

집이 들썩들썩할 정도로 볼륨을 높인다. 우리의 춤은 동작이 빨라지고 반경도 커진다. 우연이 뭐라고 소리치는데 잘 알아들을 수가 없다.

64

"뭐라고?"

내가 소리쳐 묻는다.

"네가 좋다고."

우연이 악을 쓴다.

"나도 그래."

덩달아 나도 악을 쓴다.

"사랑해."

우연에게서 사랑한다는 말을 듣게 될 줄은 몰랐다. 내가 가끔 혼자 눈을 감고 상상했던 일이 아마도 이런 일이었을 거다. 우연이 나를 사랑하는 거. 그게 친구 간의 사랑이든, 연인 간의 사랑이든, 아무래도 좋다. 설렌다. 그러면서도 한편으로는 불안하다. 뭔지 모를 불안감이 안개처럼 자우룩이 피어오르는 것을 감지할 수 있다.

노래가 끝나자 제목을 알 수 없는 팝송이 이어진다. 나는 숨이 차서 털썩 주저앉는다. 우연은 어디서 그렇게 힘이 솟는지 지칠 줄 모르고 춤을 추어 댄다. 지친 기색 없이 가사를 따라 부르기까지 한다. 다이내믹한 사운드에 생동감 넘치는 리듬 터치가 흥겹다.

우연은 한참을 더 추고는 아예 두 다리를 쭉 뻗고 누워 버린다. 우연 티셔츠가 물속에 담갔다 꺼낸 듯 푹 젖었다. 얼굴도 땀으로 범벅이다.

"내가 춤추기 좋은 노래만 골라 유튜브 보관함에 넣어 뒀어."

우연이 누운 채 숨을 몰아쉬며 말한다. 문장이 몇 번 끊어졌다 이어진다.

"힘들 때 와. 같이 춤추게."

"응."

내가 기어들어 가는 소리로 대답하자, 우연이 심드렁하게 덧붙인다.

"바보같이 사라지지 말고."

그러고 나서 인사한다.

"이제 가야지. 너네 엄마가 기다리잖아."

"기다릴 테면 기다리라지."

그 여자를 향한 내 맘의 정체를 나도 모르겠다. 반항심인지 배신감인지. 아니면 연민인지. 이랬다저랬다 통 알 수가 없다. 물론 내 핸드폰이 말해 주는 사랑값은 분홍이다. 과학적인 데이터가 오류를 일으킬 수 있을까. 어쨌거나 분명한 건 그 여자를 향한 내 사랑값은 검정이어야 한다는 거다.

나는 천장에 붙은 야광별을 센다. 하나, 둘, 셋, 넷……

"음악이 없음 어떻게 살까?"

아홉, 열, 열하나……. 빛나지도 않는 별이 많기도 많다. 헷갈린다. 저 작은 별을 세었던가? 열다섯……. 저 별은 왜 저렇게 크지? 몇까지 셌는지 숫자를 놓쳐 버린다. 음악에 맞춰 스텝을 밟다가 박자를 놓쳤을 때처럼 황망하다. 처음부터 다시 셀 수밖에. 하나, 둘, 셋…….

"넌 무슨 음악이 좋아? 재즈? 발라드? 탱고?"

일곱, 여덟, 글쎄? 아홉, 열.

"기타가 최고야."

그 옛날, 내가 아주 어렸을 때, 좁은 우리 집에 예쁜 기타가 하나 있었다. 아빠는 이따금 그 예쁜 기타를 치면서 내게 웃어 주었다. 그때가 내가 제일 행복했던 때로 기억된다. 나는 가끔 그때로 돌아가는 꿈을 꾸곤 한다.

열여덟. 열아홉.

"은하수에 가서 살고 싶다. 별이 돼서."

또 숫자를 놓쳤다.

"나도 갈까?"

우연이 내 쪽을 보며 모로 눕는다.

"그래. 너도 가면 좋겠다."

나는 더 이상 별을 세지 않는다. 대신 가장 큰 야광별을 뚫어져라, 쳐다본다. 많고 많은 별, 별, 별……. 별들 사이 그 어디에도 손톱 달은 없다. 준영이 내게 손톱 달이 달린 목걸이를 줬는데. 그 목걸이가 어디 있지. 아, 내가 버렸지. 잘했어. 잘한 거야……. 별들이 저렇게 많은 천장을 바라보며 자는 느낌은 어떨까……. 나와 함께 있을 때 우연 핸드폰은 붉게 탄다. 준영 핸드폰도 그랬지. 그럼 나를 향한 우연과 준영의 사랑값은 같은 건가? 내 사랑값은 아직 최애인 적이 없는데. 언제쯤 누구 앞에서 최애가 될까. 어쩌면 최애인 적이 있었는지도 모르지. 내가 확인하지 않았을 뿐인지도. 어쨌든 지금은 알고 싶지 않아……. 뜬금없는 생각들이 어지럽게 뒤엉킨다.

밖에서 고양이가 운다. 우연이 마른 북어 대가리를 가져와 던져 준다. 우연은 고양이에게 먹이를 주면서 고양이의 존재를 확인하는 듯 보인다. 어쩌면 자신의 존재를 확인하는 것인지도 모르겠다.

"고양이는 주인을 암살하려고 깨어 있다는 말이 있더라."

무심코 내가 말한다. 비를 쫄딱 맞은 고양이가 측은해 보인다.

"그래? 그래서 내가 고양이를 좋아하나?"

픽, 실소를 터트리는 우연 낯빛이 어둡다. 고양이는 처마 밑에서 느 긋하게 북어 대가리를 뜯어 먹고 있다. 전혀 도둑고양이 같지 않다.

우연이 뒤에서 내 허리를 살포시 안는다. 어? 놀랐지만 거부하지 않 는다. 움직일 수가 없다.

"네 냄새 참 좋다."

우연이 팔을 풀며 쾌활하게 말한다. 누군가를 앞에서가 아니라 뒤에 서 안으면 그 사람의 냄새가 더 짙게 난다고 한다. 정말 그런지는 잘 모 르겠다. 이제껏 뒤에서 누굴 안아 본 적이 없다. 이제껏 뒤에서 누가 나 를 안아 준 적도 없다. 우연이 처음이다.

내 냄새가 좋다고? 땀 냄새 아닌가?

둥그런 유리창에 빗물이 얼룩지며 흘러내리고 있다. 눈물이 눈알을 들여다보며 흘러내리는 것 같다.

남자가 쩨쩨하긴

흡사 물에 빠진 생쥐 꼴이다. 후줄근히 젖은 몸에서 쉴 새 없이 물이 흘러내린다. 쥐어짜면 물만 나올 물 사람이 된 것 같다. 몸에서 으슬으슬 소름이 돋는다. 그 여자가 문을 열어 주었지만, 나는 말없이 곧장 방으로 들어간다. 왠지 그 여자가 더 보기 싫다.

그 여자가 따라 들어와서 무슨 일이냐고 묻는다.

"무슨 일이냐고? 정말 몰라?"

나는 앙칼지게 말하며 표독스럽게 그 여자를 노려본다.

"모르니까 물어보지 이년아?"

역시 그 여자는 만만치 않은 상대다. 정신일도하사불성. 나는 똑바로 그 여자 눈을 쏘아본다.

"왜 날 데려왔어?"

"너 거지 될까 봐 데려왔다, 왜? 그 인간하고 살다가는 쪽박 차기 십상이야, 이것아."

얼굴색 하나 변하지 않고 당당히 말하는 그 여자다.

"차라리 고아원에라도 맡기지 그랬어."

"너같이 독한 년을 누가 받아 준다고 까불어."

꼭 이런 식이다. 내가 뭐가 독하다고 그러는지 모르겠다.

내일은 그 여자와 집에서 지지고 볶고 할 것 없이 숙제나 하러 떠나야겠다. 우연과 나는 '유적지 체험학습'을 사찰 순례로 정했다. 물론 가족과 함께하는 체험학습이었지만, 우연과 나는 그럴 가족은 우리에게 없다고 판단했다.

우리는 당연히 그래야 하는 것처럼 버스 맨 뒷자리에 앉는다. 앞자리는 위험에 적나라하게 노출된 것 같아 꺼림직하다. 중간쯤은 너무 안전해서 비겁하게 생각된다. 우연이나 나나 교실 뒷자리만 앉아 온 이력 때문에 그런지 뒷자리가 편하다. 뒷자리에 평화 있으라!

뒷자리의 평화, 그건 잠이다. 한참 자고 있는데, 문득 이마에 흘러내린 머리카락을 걷어 올리는 손길이 느껴진다.

물을 저으면 파문이 일듯 내 마음에도 묘한 파문이 인다. 파문은 딱히 이렇다 표현할 수 없는 무늬지만, 나는 그것이 사랑은 아닐까? 의심하다가 결국 우정이라는 이름으로 불러도 좋을 무늬일 거라고 생각한다. 나는 살그머니 눈을 뜨고 자세를 고쳐 앉는다.

우연이 다 잤냐며 씽긋 웃는다. 발그레한 볼에서 햇살이 하얗게 부서진다. 우연이 한 손에 움켜쥐고 있던 녹색 야구 모자를 쓰더니 챙을 뒤로 휙 돌려 버린다. 녹색 모자는 내가 잠들기 전까지도 깊이 눌러쓰고 있었다. 잠자는 동안 벗고 있었나 보다.

"어때? 꽃미남 야구선수 같아?"

우연이 웃는다. 나도 웃는다.

"피."

"야구선수 아냐? 그럼 럭비선수?"

우연은 눈을 크게 뜨며 붓으로 그린 듯한 눈썹을 긁어 댄다. 긍정적인 답변을 기다리는 느긋한 손놀림이다.

"선수는 뭐 아무나 하나?"

나는 흘러내린 옆머리를 귀에 걸며 또다시 '피.' 입바람을 낸다.

"에이, 안 되겠다. 난 그냥 모델이 낫겠다. 그치?"

우연이 모자를 바로 고쳐 쓴다. 넓적다리 위에서 느리게 손가락 장단을 맞추고, 팔꿈치로 내 옆구리를 쿡 찌른다. 이번에야말로 오케이 대답을 확신하는 듯하다.

"모델은 또 아무나 하나?"

누군가의 확신을 깨는 일은 입안에서 드롭스를 요리조리 굴리며 빨아 먹다가, 와작 깨진 드롭스 날에 혓바닥을 찔릴 때처럼 낭패스럽다.

"이 몸은 아무나가 아니시거든. 이 우주가 나를 중심으로 돌아가고 있다는 거 모르겠니?"

우연이 갑자기 겨드랑이를 간질인다. 표면에 땅콩 부스러기가 덕지덕지 붙어 있는 드롭스가 갑자기 목구멍에 턱 걸린 것 같다. 연방 재채기가 터진다. 우연은 재채기도 간질여 줘야 한다면서 강도 높게 간질여 온다. 나는 더 이상 참을 수 없어서 낄낄거린다. 우연은 그런 나를 계속 간질이며 깔깔거린다.

"요즘 애들은 도통 가리는 게 없단 말이야. 거, 조용히 좀 가자."

한 자리 건너 앉아 있던 늙수그레한 아저씨가 뒤돌아보고 인상을 쓴다. 갑자기 딸꾹질이 난다. 우연과 나는 입을 틀어막고 킥킥거린다.

차는 어느새 대도시로 들어섰다. 사람들과 건물들로 빽빽한 도시 풍경이 이국적이다.

"난 이런 도시에서 살고 싶어."

우연이 흥분된 어조로 말한다. 우연의 얼굴은 휘황한 쇼윈도를 보느라 상하좌우로 끊임없이 움직인다. 스포트라이트를 한 몸에 받고 싶어하는 우연이라면 그럴 만도 하다.

나는 이렇게 큰 도시에서 살고 싶은 맘은 눈곱만큼도 없다. 대도시에서는 왠지 빨리 움직여야 할 것 같다. 빠르게 걷는 행인들만 봐도 그건 뻔한 도시의 속성이다. 쫓기듯 자고 일어나고, 쫓기듯 먹고 마시고, 또 그렇게 누군가를 만나고 헤어지고……. 그래서야 언제 뺨에 스치는 바람을 느끼고, 일기를 쓰고, 책을 읽을 수 있으랴!

도시를 빠져나오면서 버스는 다시 속력을 낸다. 낡은 엔진소리가 불안하게 커진다. 필통만 한 거울에 비친 운전기사는 태평하게 졸고 있다. 서서히 눈꺼풀이 내려가다가 후다닥 올라가기를 반복한다. 나는 운전기사를 주시하다가 우연을 툭툭 치며 턱으로 운전기사를 가리킨다.

"아저씨, 나 아직 죽기 싫어요."

우연이 빽 소리 지른다. 운전기사의 동태눈이 거울 속에서 끔뻑거린다. 부스스한 얼굴이 손을 사용하지 않고 파리 떼를 쫓을 때처럼 호들갑스럽게 움직인다. 그래도 잠이라는 강적이 똥파리 떼처럼 달라붙는지 두툼한 손바닥으로 철썩, 뺨을 때린다.

"잠만보가 따로 없네."

우연이 중얼거린다.

"뒤통수를 한 대 갈기세요."

우연은 참을 수 없었는지 운전기사 뒤통수에 대고 소리친다.

"너네 아빠 자주 만나?"

불쑥 내게 묻는다.

"친아빠 말이야. 자주 만나서 용돈도 타고 그러냐고."

용돈 좋아하네. 어디 사는지도 모르는데. 나는 대답 대신 입술을 오므려 보조개를 입 안쪽으로 끌어당긴다. 붕어가 물을 먹을 때처럼 입을 뻐끔거려 본다. 입에서 간헐적으로 새끼 쥐 우는 소리가 새어 나온다. 입과 입언저리, 보조개에까지 통증이 느껴진다.

"죽었어."

딱 잘라 말한다. 그 여자 말이 맞다. 나는 독하다. 고약하다. 그 여자가 재혼했을 때 이미 아빠가 죽었다고 생각하자고 다짐했다. 그편이 상처가 덜할 것 같아서다. 어쩌면 단 한 번도 찾아오지 않은 아빠에 대한 복수였는지 모르겠다. 그 여자에게 엄마 소리 한 번 한 적 없던 것도 어쩌면 그 여자에 대한 복수였을 것이다.

졸면서도 운전하는 실력을 갖춘 운전기사 덕에 차는 아슬아슬하게 어느덧 목적지에 다다랐다.

"아저씨 운전 실력 짱이에요."

우연의 칭찬 아닌 칭찬에 운전기사가 어색하게 눈을 흘기며 서둘러 터미널 사무실로 들어간다.

우리는 미리 수집한 정보대로 절로 가는 조그마한 버스를 찾아 탔다. 이번 운전기사는 졸지 않기를.

굽은 길을 돌아 도착한 절 문 앞은 한적하다. 절의 일주문 처마 아래서 사천왕이 눈을 부라리며 우리를 맞는다. 악귀를 쫓아 버린다는 사천왕의 험상궂은 얼굴을 보니 공연스레 주눅이 든다.

우연은 사천왕 얼굴을 대하니 맘이 후련하다면서 입을 헤 벌린 채 다물 줄 모른다. 사천왕 흉내를 내느라 눈을 부라리며 나를 노려본다. 그런다고 내 맘속의 악귀들이 꽁지 빠지게 도망칠 것 같니?

절 마당에는 몇몇 사람들이 오가고, 어디선가 목탁 소리가 들려온다. 절 뒤쪽에 해우소라고 한자로 쓰인 작은 집이 있다. 화장실이다. 우연과 내 눈이 의미심장하게 마주친다. 달려가서 문을 두드리니 잔뜩 힘준 목소리의 대답이 돌아온다.

"나무아미타불."

"도로아미타불."

우연이 쓸데없이 되바라지게 대답하는 통에 불호령이 떨어질까 무서워 우리는 얼른 해우소 앞을 벗어났다.

절 한쪽에 있는 방문이 빠끔 열려 있어 들여다보니 온갖 세간이 쌓여 있다.

"염불만 외는지 알았더니 별거 다 있네."

우연이 또 되바라진 말을 뱉는다.

"하긴 먹지도 않고 똥만 눌 수는 없지."

윽. 어디선가 스님이 보고 있는 건 아닐까. 나는 주위를 둘러봤다.

우리는 여기저기 기웃거리기도 하고, 어슬렁거리기도 하다가 절을 나왔다. 일주문에서 사천왕이 변함없이 눈을 부라리며 배웅해 준다.

우연은 사천왕과 헤어지는 것이 못내 서운한 모양이다. 같은 동족끼리 헤어지려니 눈물이 앞을 가린다느니, 발이 안 떨어진다느니 하면서 거푸 손을 흔들어 댄다.

도시로 나온 우리는 분식집에 들어가 늦은 점심을 먹었다.

"부처님, 혹시 게이였나?"

되바라진 말에 불온한 상상력까지. 부처님이 게이라니. 불자들이 들었다면 노발대발할 소리다. 부처님이 들었다면? 그저 대자대비한 미소를 지을 테지. 그렇지만 나는 부처님이 아니라서 이 어림없는 소리에 기가 턱 막힐 뿐이다.

"야아!"

나는 황급히 주위를 둘러본다. 점심때가 한참 지난 탓인지 우리 말고 손님이 한 명도 없다. 다행히 식당 주인아저씨가 텔레비전에 빠져 있기 때문에 우연 말이 귀에 들어갈 리는 없다. 주방에 아주머니가 있긴 하지만 거기까지는 거리가 멀다.

"부처님이 남자라는 건 삼척동자도 다 아는 사실이잖아. 남자인 부처님 입술을 새빨갛게 칠해 놓은 게 심상치 않단 말이야."

우연이 눈을 가늘게 뜬다. 눈에서 의심의 빛이 강하게 뿜어져 나오고 있다. 아까 본 불상의 입술이 유난히 빨갛던 게 생각난다.

"옷은 또 그게 뭐니? 아무래도 수상해. 앞이 푹 파인 야들야들한 원피스를 입고 말이야."

얼쑤, 점점. 터진 입이라고 함부로 말해도 되는 거야? 그래? 우연은 어이없어하는 내 표정은 아랑곳하지 않고 신나게 떠들어 댄다. 라면이 불어 터지는 걸 아는지 모르는지. 나는 내 라면 그릇에 우연의 라면을 한 젓가락 옮겨 덜었다. 우연은 그것도 눈치채지 못하고 침을 튀긴다.

"너도 봤지? 원피스 입은 거. 너 남자가 원피스 입은 거 봤어?"

못 봤다. 원피스 입은 남자. 아예 웃통을 벗은 남자는 봤어도. 우연은 내 대답도 듣지 않고 사설을 이어 나간다.

"원피스 입은 남자는 게이밖에 없어. 또 한 가지."

우연이 딱 잘라 말하더니 집게손가락을 곧게 세운다. 무슨 중요한

단서를 잡은 모양이다.

"그 요염한 미소. 너 보통 남자가 그렇게 요염하게 웃는 거 못 봤지? 나도 못 봤어."

부처님의 대자대비하고도 온화한 미소를 요염하다고 말할 사람이 우연 말고 또 있을까. 나는 갑자기 면발이 목에 걸려 캑캑거렸다. 우연은 자신의 개똥철학 설파하는 일을 그만두지 않는다.

"이것만으로 확실히 냄새가 나는데, 또 한 가지 부인할 수 없는 증거가 바로 그 가느다란 손가락에 있어. 보통 남자들은 손가락을 한데 모은 상태로 있지. 가령 이 컵을 들어 물을 마신다고 해 봐."

우연이 물컵을 들어 물을 한 모금 마신다.

"자, 봐. 보통은 이렇게 이 네 손가락을 한데 붙이거든. 근데 끼순이들은 새끼손가락을 이렇게 컵에서 떼는 게 보통이야."

우연은 새끼손가락을 곧게 편 상태에서 다시 한 번 물을 들이켠다. 연구 참 많이 했네.

"누가 그래?"

"에쓰엔에쓰."

"유언비어일 수도 있네."

"당연하지."

나는 어이가 없어서 피식 웃고 만다.

"그래도 부처님은 좀 수상해."

의심에 찬 목소리다. 기원전에 살다 간 부처님한테 물어볼 수도, 그렇다고 불상한테 확인할 수도 없는 노릇. 부처님은 버르장머리 없는 열여덟 살 소녀에 의해 졸지에 정체성을 의심받는 지경에까지 이르렀다. 부디 이 철없는 친구를 용서해 주시기를……. 나무아미타불 관세음보살.

"부처님이 게이면 뭐?"

"멋져부러!"

"오잉?"

뒤통수를 한 대 얻어맞은 기분이다. 나는 멍하니 우연을 바라본다.

"뭘 그렇게 봐. 라면이나 먹자."

우연이 이제야 서둘러 라면을 먹으려 한다. 남아 있을 턱이 있나.

"뭐야? 다 먹었잖아."

부처님이 게이라서 징그럽다거나 실망했다는 결론을 내릴 줄 알았다. 정반대의 결론을 내리는 우연을 의아하게 바라보다가 나는 재빨리 정신을 가다듬는다.

"지금까지 라면이 남아 있으면 다 불어 터졌지."

나는 국물만 남은 우연 그릇에 젓가락을 담가 휘휘 젓는다.

"떡은? 만두는?"

우연 눈동자가 젓가락을 따라 빙글빙글 돈다.

"걔들도 불면 맛읋, 어!"

나는 '읋어'라는 말에 악센트를 세게 넣는다. 약이나 바짝 올려 볼까 해서 일부러 크게 트림을 한다.

"참나. 빨라야 산다니까. 아저씨, 여기 떡만두라면 곱빼기로 하나 더 주세요."

우연이 그때까지도 텔레비전에 푹 빠져 있던 주인아저씨에게 소리친다.

"돈은 얘가 낸대요."

주방으로 향하는 아저씨 뒤에다 대고 우연이 얼른 말한다. 내가 발을 빼지 못하게 못 박아 놓겠다는 수작이다. 우정이고 나발이고 다 때려치울까 보다.

"남자가 쩨쩨하긴."

아저씨 말에 우연이 입속에 물고 있던 물을 얼른 삼키며 웃는다.

"보아하니 학생들 같은데 어른 말에 그렇게 웃으면 못써."

아저씨가 고개를 설레설레 저으며 주방을 향해 '떡만두라면 곱빼기 하나.'라고 소리친다. 주방에서 달그락거리는 소리가 들린다. 눈 깜짝할 사이에 떡만두라면 곱빼기가 식탁에 놓였다.

사랑은 자유야, 나비 같은 거라고

"너 이게 뭐야?"

그 여자가 다짜고짜 그 여자의 빈 지갑을 내 코앞에서 털어 보인다. 몰라서 물어? 빈 지갑이잖아.

"이제 도둑질까지 해?"

어라? 도둑질? 그럼 내가 그동안 받은 세뱃돈이며 이래저래 모은 용돈 말없이 써 버린 당신은 뭐지? 나는 눈이 빠져라, 그 여자를 째려본다.

"어디 엄마한테 뱁새눈을 뜨고 그래?"

"그깟 돈 좀 쓰면 안 돼?"

나는 눈을 더 가늘게 뜬다.

"허락받고 써야지."

그 여자의 날카로운 목소리가 갈라진다.

"허락? 그래서 내 허락받고 이혼했어? 허락받고 재혼했냐고?"

나는 대뜸 대든다.

"뭐? 뭘 잘했다고 바락바락 대들어?"

"왜 만날 나만 타박이야, 왜?"

그 여자 말이 떨어지기 무섭게 나는 악을 쓴다. 머리가 헝클어지도록 흔들어 댄다.

너무도 갑작스레, 마음의 준비할 틈도 주지 않고 이혼해 버린 그 여자. 또 그렇게 느닷없이 재혼해 버린 그 여자. 이제 더 이상 아빠는 기타 치며 내게 웃어 줄 수도, 그 어떤 이야기를 들려줄 수도 없다. 그 여자는 내게서 제일 행복한 순간들을 빼앗아 버렸다. 용서할 수가 없다.

나는 얼굴을 그 여자의 얼굴에 바짝 들이대고 '왜? 왜?' 앙칼지게 외친다. 나도 나를 제어할 수 없다.

그 여자가 내 뺨을 때린다. 순간 나도 모르게 내 손이 그 여자 가슴팍을 때린다. 아, 이게 아닌데. 하지만 이미 늦었다.

"이 못된 년, 제 엄마 때리는 이 못된 년."

그 여자가 내 등때기를 마구 때린다.

"그래, 나 못된 년이야. 몰랐어? 원래 그래. 원래 못된 년이라고."

나는 악다구니를 쓴다. 그 여자가 나를 때리지 못하게 꼭 붙들고 놓아주지 않는다. 몸집이 작은 그 여자는 내 완력에 제압당한 채 꼼짝

하지 못한다. 내 손아귀에서 빠져나가려고 안간힘을 쓰다가 안 되니까, '아악~ 아악~!' 악을 쓴다.

파자마 바람으로 그 남자가 달려온다. 샤워하다 말았는지 젖은 몸에서 물이 뚝뚝 떨어진다. 나는 그 여자를 붙든 채 놓지 않고 있다. 젖 먹던 힘까지 다 쏟아서.

그 여자와 싸운 뒤로 그 여자와 나 사이에 두터운 막이 생겼다. 그건 침몰한 유조선에서 흘러나오는 기름 막처럼 위험스러웠다. 그 여자는 내게 한 마디도 건네지 않는다. 내가 잘못했다고 했는데도 불구하고 말이다.

그 여자와 나 사이에 형성된 냉기류는 온 집 안을 냉각시키기에 충분했다. 누구도 어쩌지 못할 만큼 단단한 얼음덩이들이 온 집 안을 떠돌아다녔다.

그 여자는 아예 나를 무시한다. 내가 그토록 바라던 바가 이것이었을 텐데 이상하게도 마음 깊은 곳에 불안감이 싹튼다. 혈육의 정이라는 게 남아 있는 걸까. 어쨌든 몹시 화가 난다.

그 남자와 리리가 집에 없는 틈을 타 그 여자에게 따진다.

"나한테 왜 이러는 거야?"

그 여자는 아무런 대꾸도 하지 않는다. 그렇게 함으로써 최대한 나를 무시하고 있다는 걸 보여 주고 싶은 듯이.

"내 말이 말 같지 않아? 왜 날 유령 대하듯 하냔 말이야?"

그냥 지나치려는 그 여자 앞을 가로막는다. 그 여자가 잔뜩 무시하는 얼굴로 나를 본다.

"잘하면 또 치겠다."

비아냥거리는 말투, 정말 싫다. 그래도 나는 한풀 꺾고 긴다.

"내가 잘못했다고 했잖아."

"진심이었니?"

그 여자가 콧방귀를 뀐다. 사과를 이런 식으로밖에 받아 주지 않는 그 여자가 밉다.

"하순임!"

나는 꽥 소리 지른다.

"시간을 갖자는 거니까 잔말 말고 입 닥쳐."

그 여자는 내 얼굴은 보지도 않고 말한다.

"날 유령 대하듯 하는 게 시간을 갖는 거야?"

그 여자가 그대로 나를 지나쳐 간다. 진짜로 꽁꽁 언 유령이 된 기분이다. 바로 이런 거구나. 우연이 이런 기분이구나. 유령이 된 나 때문에, 또 우연 때문에 가슴이 먹먹해 온다.

유령으로 있는 건 없는 거나 마찬가지다. 나는 주섬주섬 가방에 속옷 몇 벌, 반바지와 티셔츠 몇 벌, 읽다 만 책을 챙겨 넣고 집을 나선다.

밖은 푹푹 찐다. 남부지방으로 내려갔던 장마 전선이 북상할 거라는 일기 예보가 있었지만, 비 올 기미는 보이지 않는다. 햇빛은 쨍쨍하고, 부는 듯 마는 듯 부는 바람도 뜨겁다. 그야말로 '지칠 줄 모르는 태양의 노래'가 이어지는 듯하다.

집을 나오긴 했지만 갈 곳이 없다. 타달타달 둑길을 걷는다. 며칠 전에 내린 장맛비로 하천의 수위가 올라가 있다. 흙탕물이 도도히 흘러가고 있는 길 끝에 짓다 만 아파트의 철골들이 흉측스럽게 삐죽삐죽 하늘에 삿대질을 해대고 있다.

그 여자가 모르는 곳으로 가 버리고 싶은데 갈 곳이 없다.

한 발 한 발 내딛는 걸음걸이가 물 젖은 솜이 움직이는 것 같다. 태양은 온몸을 바싹 말려 버릴 기세다. 사막 한가운데서 길을 잃는 느낌이 이럴까. 끝없이 펼쳐진 사막, 아무리 둘러봐도 오아시스는 보이지 않고, 보이는 건 당장에라도 녹아내릴 듯 게게 풀려 있는 하늘과 달궈질 대로 달궈진 태양뿐.

아무도 없는 사막에 갇혀 나는 길을 잃는다. 누가 날 좀 이 사막에서 구해 줘!

한참을 배회하다가 결국 우연의 집으로 걸음을 옮긴다. 이 길만이 사막에서 벗어나는 길이라 믿으며.

출가했다고 하자 우연이 묻는다.

"가출이 아니고?"

"그거나, 그거나."

"아네, 출가하신 선배님, 알아 모시겠습니다."

"놀리지 마. 심각하단 말이야."

"심각할 거 없어. 본때를 보여 주는 거야. 아무렴 괜히 나왔겠어? 다

나올 만하니까 나왔겠지. 누구야? 아빠?"

"그 여자."

"뭐? 엄마? 왜?"

"싸웠어."

"야, 엄마랑 싸웠다고 가출, 아니 출가하니? 그럼 출가 안 할 사람이 어디 있어?"

우연이 기가 차다는 듯 '허.' 코웃음을 친다.

"심각해. 나도 내가 왜 그랬는지 모르겠어."

"그럼 잘못했다고 싹싹 빌어."

"그러긴 싫고, 사과는 했는데, 날 유령 대하듯 해."

"할 수 없네. 당분간 우리 집에서 나랑 지내는 수밖에."

"너네 아빠가 뭐라고 하지 않을까?"

"차라리 뭐라 하면 좋겠다, 야."

우연이 책상 서랍을 열더니 쪽지를 꺼내 보인다.

"구구절절이 썼어. 이제 더 이상 못 참겠다고. 말 안 하는 게 얼마나 끔찍한 일인지 아냐고? 그것도 폭력이라고. 무언의 폭력."

쪽지를 흔들어 보이며 성긋 웃는 우연을 보는데 저절로 미간이 찡그려진다.

"이게 다 무슨 소용이겠어. 소통이 벽인데."

우연이 쪽지를 서랍 안에 던져 넣고 문을 무릎으로 밀어 버린다. 서랍 손잡이에 달려 있던 긴꼬리원숭이가 신경질적으로 대롱거렸다. 긴

꼬리원숭이의 꼬리가 몸길이보다 더 길어 보인다. 긴꼬리원숭이 꼬리를 만지작거려 본다. 보기보다 감촉이 보드랍다. 우연이 한동안 나를 지켜보다가 갑자기 휙 돌아선다.

"왜 그래?"

긴꼬리원숭이 눈알도 감촉이 좋다.

"나 자꾸만 니가 좋아져."

우연이 뒤돌아선 채 말한다. 그렇게 돌아서서 말하면 영화의 주인공처럼 멋있어 보인다니?

"나도 그래. 친구를 좋아하는 건 당연한 건데 뭐?"

나는 문득문득 감지되는 우연을 향한 내 마음이 우정 이상의 그 무엇이 아니라는 듯 무미건조하게 말한다.

긴꼬리원숭이 겨드랑이가 터져 있다. 엄지손가락으로 터진 솔기 끝을 조금 더 찢고 속에 들어 있는 것을 꺼내 본다. 하얀 솜이 나온다.

"그게 아니라…… 에이."

우연이 서둘러 나간다. 잠시 우연의 뒷모습을 바라보다가 꺼낸 솜을 다시 집어넣는다. 우연아, 미안해. 나도 나를 잘 모르겠어. 그리고 아직은 알 수 없는 뭔가가 두려워.

긴꼬리원숭이 코를 톡, 손가락으로 튕겨 본다. 긴꼬리원숭이가 인상을 쓴다. 잘못 봤겠지.

우연이 얼음까지 둥둥 띄워서 가져온 콜라를 단숨에 들이켜자 더위가 싹 가신다.

"그 고양이 지금도 와?"

"응, 가끔 와."

와드득 씹히는 얼음.

"먹을 것 줘?"

와드득 씹히는 얼음.

"아니."

잘게 박살 나는 얼음.

"왜?"

잘게 박살 나는 얼음.

"도둑고양일 길들이면 안 될 것 같아서."

그래, 도둑고양인 자유로워야지. 다시 얼음 하나를 입에 넣는다. 꿀꺽. 혀로 굴리면서 갖고 놀려던 얼음덩어리가 잘못 넘어갔다. 목에 통증이 온다.

"난 남자를 사랑하지 못할 것 같아."

우연이 머리를 살살 가로젓는다. 배 속에서도 중력이 작용하는지는 모르겠지만, 내 배 속에 퇴적된 얼음덩어리가 중력에 의해 강처럼 흐를 것만 같다. 그린란드의 빙하처럼.

"왜?"

"느낌이 그래."

"그래?"

그런 느낌, 알 것 같다. 아니, 잘 모르겠다.

"어때?"

"뭐가?"

"그런 느낌이라서."

"글쎄? 첨엔 뭐 이런 개 같은 경우가 있나 했는데, 지금은 걍 그래."

"슬픈 거야?"

"응. 조금."

"조금 슬프다⋯⋯."

"까짓거 괜찮아. 보란 듯이 살아갈 거야. 절대 기죽지 않는다고."

앙다문 우연의 입에서 뒤늦게 한숨이 터진다.

"넌 어때?"

우연이 나를 본다. 나는 내 감정이 드러나지 않게 꾹꾹 누르고 있다.

"뭐가?"

"내가 보기엔 너⋯⋯ 아, 아니야."

무슨 말인가 하려다가 우연이 불현듯 입을 다물어 버린다.

"싱겁긴."

내가 피식 웃자, 우연이 또다시 한숨을 길게 내뱉는다. 시간은 불안하게 흘러간다. 우연의 푹 꺼지는 한숨을 따라 세상이 푹 꺼지는 것만 같다.

우연의 개 같은 느낌과 조금의 슬픔이 어떤 건지 조금은 알 것 같기도 하고, 모를 것 같기도 하다. 우연이 보란 듯이 살아가겠다고, 절대 기죽지 않는다고 절규하는 이유가 어쩌면 수희가 그 어딘가에서 잘살고 있어야 하는 이유는 아닐까. 내가 끊임없이 나를 확인하려는 것과 같은 이유 말이다.

우연이 레즈비언일지도 모른다는 의심과 나도 어쩌면 그와 비슷한 사람은 아닐까 하는 두려움, 그리고 태어나서 처음으로 출가했다는 불안이 벌침처럼 머릿속을 쏘아댄다. 머릿속이 따끔거리더니 급기야 퉁퉁 부어오른 듯 먹먹하다.

우연 엄마와 함께 퇴근해서 온 우연 아빠는 나를 보고도 한마디도 하지 않는다. 밥을 먹을 때도 텔레비전을 볼 때도 마찬가지. 마치 커다란 바위를 보는 것만 같다. 나는 거구의 그에게서 어마어마한 침묵의 무게를 느낀다.

말릴 새도 없이 우연 엄마가 우리 집에 전화를 걸어 내가 여기 있다고 알려 주신다. 이렇게 해서 출가는 단 하루를 넘기지 못한 채 시시하게 끝이 나고, 나는 친구네 집에 놀러 왔다가 자고 가는 웃지 못할 상황에 처하고 만다. 이로써 머릿속에 침을 쏘아대던 벌은 일부 사라져 버린다.

우연과 나는 밤새워 이야기하며 잠을 미루고 있다. 우연의 침대는 둘이 자기에는 다소 비좁다. 우리는 꼭 붙어서 누워 있다.

벽에 포스트잇이 몇 개 늘어나 있다. 누워서 포스트잇을 보니 날개 깃털을 하나하나 포 뜬 것처럼 보인다.

나는 포스트잇에 눈을 고정시킨 채 생각에 잠긴다. 포스트잇이 늘어날수록 우연은 자신의 꿈에 한 발 한 발 다가갈 것이다. 그런가 하면 아빠 엄마의 무언의 전쟁, 그 폐허 속에서 고통받을 것이다. 그 고통은 언제쯤 끝이 날까?

나? 나로 말하자면…… 뭐, 나도 그렇다. 내 꿈이 뭔지 확실히는 모르지만 내가 살아가면서 그 사람들에 대한 미묘한 감정을 떨쳐 버릴 수는 없을 것이다. 내 삶은 내가 부인할 수도, 그렇다고 기꺼이 껴안을 수도 없는 몇몇 사람들에 대한 부담감을 안고 이어질 것이다.

깃털이 되어 하늘로 솟든, 지렁이가 되어 땅으로 꺼지든 하고 싶다. 아무래도 꺼지는 것보다는 솟는 게 더 나을 듯하다. 어린 왕자의 장미처럼 어느 별에 내려앉아 한들한들 몸을 흔들어도 될 저 우주 공간으로.

"무슨 생각 해?"

우연이 내 귀에 입을 바싹 대고 속삭여서 기겁했다. 이제껏 이렇게 귓속에 봄바람을 불어넣듯 속삭인 사람은 없다.

"네 피부 참 곱다."

우연 숨결이 태고부터 불어오던 모국의 바람처럼 내 귓불을 간질인다. 허스키한 목소리가 감미롭게 느껴진다. 우중충한 내 마음에 한줄기 맑은 소나기가 지나가는 느낌이다. 그래서일까. 싫지 않다.

우연이 내 얼굴을 가만가만 훑어본다. 볼, 눈썹, 콧등, 입술. 우연의 눈길은 눈길 이상의 감각적인 그 무엇으로 느껴진다. 그와 동시에 내 머릿속에서는 그동안 우연이 내게 했던 '사랑해, 네가 좋아, 남자를 사랑하지 못할 것 같아, 느낌이 그래.' 이런 말들. 비 오는 날 내 허리를 껴안았던 모습과 버스 안에서 내가 잠이 깼을 때 느꼈던 우연의 손길. 그리고 빨갛게 달아오른 핸드폰……. 이런 것들이 한꺼번에 튀어나와 어지럽게 돌아다닌다. 확실하구나. 순간 몸이 굳어진다. 나는 얼굴을 홱 돌려 버린다.

"다른 애들 다 연애하고 난린데 너만 왜 연애 안 하니?"

"그건 아직 맘에 드는 남자가 없기 때문이야."

"그건 네가 남자 자체를 좋아하지 않는다는 거야."

우연 말에 어느 정도 수긍이 간다. 나는 남자애들을 그다지 좋아하지 않는다. 내 또래의 남자들은 유치하기 짝이 없다. 체육 시간에 옷 갈아입는다며 여학생들 나가라고 고래고래 소리치는 녀석들. 교탁을 벽 모서리에 붙여 놓고 그 뒤에 숨어 옷을 갈아입는 녀석들. 여학생들 옷 갈아입고 있는 탈의실의 그 작은 문을 흘끔흘끔 기웃거리는 녀석들. 사귀던 여학생한테 차여 세상 다 산 것 같은 얼굴을 하고 다니는 녀석. 추종자들 몇 거느리고 거들먹거리는 녀석. 눈에 불을 밝히고 문제집을 풀어 대는 녀석. 무슨 무슨 날이면 나 몰래 내 책상 서랍 안에 선물을 넣어 두는 녀석들. 대놓고 사귀자고 하는 녀석들……. 모두 다 발아래 중생들로 보일 뿐이다.

"사랑은 자유야. 나비 같은 거라고. 날아가고 싶은 대로 날아가 앉고 싶은 곳에 앉는 거라고."

나는 우연 목소리가 다부지지만 불안하게 떨리고 있다는 것을 감지한다. 갑자기 내 영혼을 잠식해 오는 더 짙어진 불안감. 눈물이 핑글 돈다. 나는 얼른 눈을 꾹 누른다.

열여덟 살의 비밀

변두리의 어느 카페로 들어간다. 학생들이 흔히 가는 프랜차이즈 카페들과는 좀 달라 보인다. 미성년자 출입금지 팻말이 붙어 있진 않지만, 어쩐지 석연치 않은 마음이 든다.

'여기서도 만나는구나.'

우연에게 듣기 전까지는 서울 신촌이나 대학로에서만 만나는 줄 알았다. 서울 아닌 우리 시에서도 만나고 있었다니 놀랍다.

"너무 부담 갖지 말고 그냥 편하게 있으면 돼."

우연이 카페 안을 휘휘 둘러보며 말한다. 나도 카페 안을 두리번거린다. 누군가 우연을 보고 손을 흔든다. 우연이 그쪽으로 가서 나도 쭈뼛쭈뼛 따라간다.

앱에서 만나 오프라인으로 이어진 미팅에 모두 다섯이 나왔다. 우연과 나를 합하면 일곱. 나는 어색한 인사를 나누고 꿔다 놓은 보릿자루가 되어 우연 옆에 앉아 있다. 내가 굳이 이들과의 어색한 자리를 지키고 있는 건 전적으로 우연에 대한 의리 때문이라고 말하면 양심에 좀 찔리고, 호기심 때문이기도 하다.

내 맘이야 어떻든, 이들은 처음 보는 내게 살갑게 대해 준다. 맘이 놓인다. 나를 전혀 개의치 않는 것 같다. 아무 거리낌 없이 웃고 떠든다. 이들은 이름을 그대로 쓰기도 하지만 대부분 닉네임을 쓴다. 한창 이야기가 무르익다 한풀 꺾일 즈음, 망고가 손가락으로 동물 머리 모양을 만들어 보이며 묻는다.

"이게 뭐게?"

망고의 목소리는 망고처럼 달콤하다.

"여우."

나리가 조금도 망설이지 않고 단박에 대답한다. 나리는 머리를 고슴도치 털같이 뾰족뾰족 세웠는데, 옆 머리카락이 반지르르하게 빰에 닿아 반항아처럼 보인다. 나리는 간호사다. 백의의 천사로만 알고 있던 간호사 이미지와 전혀 어울리지 않는다.

"뭐, 그럴 수도 있고."

망고가 다른 사람들을 둘러본다. 또 다른 대답을 원하고 있는 게 분명하다.

"늑대."

비비추가 답한다. 비비추는 비비추 꽃처럼 예쁘게 생겼다. 앳된 소녀 같다.

"그렇다면 그런 거고."

망고가 심드렁한 목소리로 둘러본다.

"잔뜩 독 오른 진돗개야. 지금 막 개장수가 달려들어 투망을 던지기 일보 직전이거든. 왕, 왕왕. 으응~!"

으르렁거리기까지 하는 나르시스. 나르시스, 그러니까 너 꼭 개 같다. 나르시스는 우연의 닉네임이다. 물에 비친 자신의 모습을 사랑하다 물에 빠져 죽어서 수선화가 되었다는 그리스 신화에 나오는 미소년. 참 잘 어울리는 닉네임이다. 우연은 자신도 반할 미모임에 틀림이 없다. 모두들 맘껏 웃는다. 웃음이 잦아들자, 누군가가 말한다.

"보는 사람에 따라서 다 달리 보이는 거 아니겠어?"

망고가 입을 다문 채 옆으로 찍 늘린다. 개구리 입 같다.

"그래, 맞아. 난 뿔난 눈탱이로 보였거든."

꿈꾸듯이 조용히 앉아 있다가 한바탕 웃어 재낀 수련이 말한다.

"보는 것만 그런 게 아니라, 생각도 그렇지. 사람에 따라……"

등을 의자 뒤에 붙이고 팔짱을 낀 채 이야기를 듣고, 또 똑같은 자세로 웃던 세잔느가 한마디 한다. 몸집이 크고 떡 벌어진 어깨, 짧은 커트 머리를 뒤로 질끈 묶어 새 꼬랑지를 만든 넓적한 얼굴의 세잔느. 어디서 본 것 같다. 아니, 분명 봤다. 어디서 봤더라? 곰곰 생각해 본다. 날 듯 말 듯 생각나지 않는다.

뽀글뽀글한 머리를 노랗게 물들인 여자가 우리가 새로 주문한 쿠키와 케이크를 가져왔다. 안경알 속에서 짙고 기다란 인공 속눈썹이 이국적으로 보인다. 검은 플레어스커트 아래로 굽 높은 하이힐이 위태로워 보인다. 여자가 음식을 다 내려놓고는 안경을 손등으로 밀어 올린다. 껌을 짝짝 씹는 폼이 어딘가 경박스러워 보인다.

"아유, 무슨 얘기들을 이렇게 재미있게 해? 뭐 재미있는 일 있어?"

여자가 여전히 껌을 씹으며 반말을 찍찍 갈긴다. 멤버들은 웬 관심? 하는 얼굴로 여자를 올려다본다. 나르시스는 꼭 벌레 씹은 얼굴로 이 무례한 불청객을 꼬나본다. 멋쩍어진 여자가 '없음 말고.' 하면서 팽 돌아간다. 그러자 기다렸다는 듯 끊어졌던 대화가 다시 이어진다.

"사람에 따라 생각이 다를 수도 있고 같을 수도 있지. 그래서 생각이 같은 사람들끼리 모이는 거고. 그들은 그들끼리, 우리는 우리끼리."

나리의 단조롭고 메마른 목소리가 이어지는 동안 멤버들이 벌컥벌컥 음료수를 들이켠다. 다들 갑자기 속이 타나?

"그건 그래. 자, 자,"

여린 꽃잎을 연상시키는 비비추가 손뼉을 두 번 친다.

"두 마리 코끼리가 서로 싸우다가 코가 빠졌어. 그럼 뭐가 될까~요?"

불쑥 수수께끼를 내고 둘러본다. 요건 모를 걸, 하는 얼굴이다.

"코 빠진 코끼리."

"병신 코끼리."

"코 없는 코끼리."

대답도 가지가지다.

"아무리 싸워도 그렇지 코가 어떻게 빠져? 상아가 부러지면 모를까."

나르시스는 숫제 시비조다.

"빠진다니까. 이렇게. 끼리끼리."

비비추가 샐샐거린다.

"맞다, 맞아."

다들 깔깔거린다.

"오랜만에 만났는데 이 난감한 세상 다 잊고 노래나 때리자."

나리가 아까의 단조롭고 메마른 목소리와 달리 호들갑스럽게 말한다. 그러자 모두들 좋다며 케이크와 쿠키, 음료를 마저 먹어 치우고 잽싸게 일어난다. 정말 '이 난감한 세상' 다 잊고 싶은 것처럼.

우리는 노래방으로 가기 위해 카페를 나간다. 각자 계산을 하는 사이 나는 뒤를 돌아본다. 구석 테이블에 앉아 이쪽을 보고 있던 여자가 얼른 손톱을 다듬는다. 과장되게 씹어 대는 껌 소리가 음악 소리를 넘어와 들리는 것 같다.

우연이 일행에서 뒤로 처지면서 내게 알려 준다.

"머짧 꼬랑지는 우리 학교 졸업생이야. 재수한대."

"응? 머짧 뭐?"

도대체 무슨 말인지 알아들을 수가 없다.

"머리 짧은 새 꼬랑지 세잔느."

"아아."

"우린 머리 짧은 스타일을 머짧이라고 하고, 머리 긴 일반 스타일을 일스라고 해."

"그렇구나."

이들은 내가 모르는 말을 하는구나. 그럼 이들은 정말로 나와 다른 건가? 그나저나 세잔느는 어디선가 본 듯했다. 아무리 기억해 내려 해도 모르겠어서 궁금증이 간질간질 피어오르던 차다.

"어쩐지……."

"낯이 익지? 모르는 척해. 그래야 비밀이 지켜지니까."

비밀! 내 나이 열여덟 살, 비밀을 하나 더 갖게 되었다.

낯선 언니들과의 만남 뒤로 불쑥불쑥 그들에 대한 생각이 떠오를 때가 있다. 그들의 얼굴과 헤어스타일, 그들의 이야기. 그리고 그들 귀에서 반짝이던 귀고리까지. 낯설면서도 새로운 느낌이 내 맘을 자못 불편하면서도 설레게 했다.

피어싱 숍을 지나다가 불현듯 귀를 뚫고 싶어진 것도 어쩌면 그들 귀에서 반짝거리던 귀고리 때문일 것이다.

나는 냉큼 숍으로 들어가 숍 전화로 우연을 부른다. 우연은 멀리하고 싶지만 멀리할 수 없는 내 유일한 절친이다. 우연을 안 보면 사는 게 별 재미가 없다.

우연이 한달음에 달려왔다.

"웬 갈고리야?"

우연 왼쪽 귀에 갈고리 모양의 귀고리가 하나 걸려 있다.

"다시 뚫었어."

맥이 탁 풀린다. 귀 뚫기, 함께하는 동지가 있어야 할 맛이 나는 법인데.

"너도 뚫으려고?"

"응."

내가 대답하자마자 우연이 호들갑을 떤다.

"넌 양쪽 다 뚫어. 그게 잘 어울릴 것 같아. 난 이참에 배꼽 피어싱이나 해야겠다."

우연은 마냥 들뜨는 모양이다. 그래도 나는 겁이 난다.

"생각보다 아프지 않으니까 겁먹지 마."

내가 떠는 것을 보고 우연이 내 등을 툭툭 친다.

"눈 깜짝할 사이에 끝내 줄 테니 마음 푹 놓아."

숍 아저씨가 친절하게 웃으며 안심시켰지만, 치렁치렁 끌리는 검은색 바지를 입은 그가 저승사자처럼 보인다. 차라리 안 보면 낫겠지. 질끈 눈을 감는다. 더 나을 것도 없다. 몸이 덜덜 떨린다. 이대로 있다가는 내 몸이 앉은 채 오그라들어서 사라질 것만 같다. 손톱으로 허벅지를 찍어 댄다. 신경을 허벅지에 집중시키려 해도, 신경이 자꾸만 귓불에 가서 머문다.

'퍽.' 하는 소리가 들린다. 아프지는 않다. 뭐가 이렇게 싱겁지. 괜히

겁먹었잖아. 마음이 놓이려는 순간, 아저씨가 내 오른쪽에서 왼쪽으로
간다.

"이제 다른 쪽."

다시 오금이 저려 온다. '픽.' 하는 소리만 나면 되는데 웬일인지 그
소리는 들려오지 않는다. 눈을 반짝 뜨고 빨리해 달라고 말하려는 순
간 '픽.' 소리가 난다.

"움직이면 어떡해? 이쪽이 더 내려갔잖아."

내가 움직인 것 같지는 않은데, 아저씨가 타박을 준다.

"제가 언제 움직였어요?"

어처구니가 없어서 다소 불량스럽게 되묻는다. 귀도 다 뚫었겠다,
겁날 게 없다.

"한 번 더 뚫어야겠는데. 너무 약해."

아저씨는 아무렇지도 않은 듯 나를 무시한다. 이런 일에는 이골이
났다는 태도다.

"절대 움직이지 마."

아저씨가 내게 엄포를 놓는다. 갑자기 두려움이 엄습해 온다. '픽.'

"하나도 안 아프지?"

아저씨의 말과 달리 이번에는 진짜 아프다. 아저씨가 기술적으로 아
프게 뚫은 것은 아닌지 의심이 될 정도다. 아저씨에게 의심의 눈빛을
날린다. 아저씨는 이번에도 이골이 났다는 듯 능숙하게 귀고리를 걸어
준다. 별이 달린 은빛의 깜찍한 귀고리다.

"저런 귀고리는 없어요?"

나는 우연의 귀고리를 가리킨다.

"저런 건 남자한테나 어울리는 거야."

아저씨가 내 말을 일축한다.

거울을 본다. 두 개의 별이 귀밑으로 대롱대롱 매달렸는데 그 길이가 알 듯 모를 듯하게 짝짝이다. 아저씨 말대로 내가 움직여서 그런 건지, 내 의심대로 아저씨의 실수인지 모르겠다.

약간 짝짝이라는 것이 그다지 싫지는 않다. 똑같게 하고 싶으면 언제든지 고개를 약간 오른쪽으로 기울이면 된다. 시곗바늘 약 58분 정도로. 지구도 기울고, 피사의 사탑도 기울고, 첨성대도 기울고, 헬리콥터의 꼬리 회전 날개도 기울고, 일차 함수의 그래프도 y축으로든 x축으로든 기울고, 무엇보다도 나야말로 가늠할 수 없는 기울기로 삐딱하게 기울지 않았는가. 문제 될 건 없다. 나는 아저씨가 보지 않는 틈을 타 흡족한 미소를 짓는다.

아저씨가 우연을 데리고 커튼이 쳐진 방으로 들어간다. 우연은 아마 씩씩하게 해낼 것이다. 남자라면 이런 것쯤은 용감하게 해야 한다는 듯이.

갑자기 남자가 되지 못한 우연의 배꼽이 어떻게 생겼을지 궁금해진다. 나는 살그머니 다가가 내 눈 한쪽이 들어갈 만큼 커튼을 젖히고 들여다본다.

"남자애가 참 피부가 곱구나!"

아저씨가 손가락으로 우연의 배를 톡 치며 감탄한다.

"요즘 애들 다 그래요."

별일 아니란 듯이 우연이 무심히 대답한다.

"빨리 끝내 주세요."

"찬물을 마시는 데도 시간이 걸리는 법이란다."

재촉하는 우연을 아저씨가 타이른다. '픽.' 내가 성격도 급하네, 라고 생각하는 순간 끝났다. 정작 우연의 배꼽은 제대로 보지도 못했다. 나는 얼른 먼저 앉아 있던 의자에 다시 앉아서 거울을 보는 척한다.

"어때?"

우연이 티셔츠를 들어 올린다.

"근사해."

나는 '엄지척'을 해 보인다. 우연의 배꼽은 그야말로 그림 같다. 작은 은반지를 깔고 앉은 배꼽.

우리는 숍을 나와 둑길로 내려간다. 햇살이 금가루를 뿌려 놓은 듯 수면 위에서 반짝인다. 길가 풀들이 땅에 닿을 만큼 굽었고, 가로수 이파리들이 헝겊 쪼가리 모양으로 축 늘어져 있다. 재빨리 그늘을 찾아 들어도 귓불에서 모닥불이 타는 것만 같다.

"귀에 불이 난 것 같아."

내가 얼굴을 찌푸리자 우연이 '저 불덩어리 때문이야.' 하며 태양을 가리킨다.

"우리 집에 가서 좀 식히는 게 좋겠어."

그럴듯하다. 이른 오후라 태양 빛이 사그라지기는 멀었다. 태양은 건재하다는 듯 한창 공사 중인 아파트 위에서 뾰족뾰족 솟은 철근에 찔리면서도 웃고 있다. 붉은 피를 줄줄 흘리면서. 나는 더위 먹은 개처럼 헐떡거린다.

선풍기를 쐬자 축 처졌던 몸의 세포들이 일시에 살아나는 듯하다.

"너네 아빠는 아직도 말 안 하셔?"

선풍기에 바짝 다가앉은 탓인지 말이 길게 늘어난다.

"응."

우연이 다리를 들어 힙합바지 안으로 바람이 들어가게 한다. 발바닥이 새까맣다.

"말없음표한테 엄만 밥이야."

우연이 선풍기에 바짝 얼굴을 들이댄다. '밥이야아.' 말끝이 울리면서 늘어진다.

"근데 너네 엄마는 왜 그러고 사셔?"

차츰 선풍기에서 더운 바람이 나오는지 처음보다 시원하지 않다.

"나 때문이래. 쳇, 왜 내 핑곌 대는지 모르겠어. 난 그게 젤 싫어."

우연은 '싫어'에 힘을 팍팍 싣는다.

"그래도 널 사랑하니까……."

나는 말끝을 흐리며 다이얼을 '강풍'에서 '약풍'으로 돌린다.

"그건 사랑 아냐. 자식을 사랑한다면 그런 폭력적인 상황에 놓이지 않게 해야 하는 거 아냐?"

나는 적절한 대답을 찾지 못한 채 말없이 듣기만 한다. 기분만큼 표정도 침울했는지 우연이 말한다.

"걱정할 것 없어. 머잖아 떠날 거니까."

우연은 떠나기 전에 자기가 레즈비언라는 사실을 알리겠단다. 부모라면 자식이 어떤 사람인지는 알아야 하는 거 아니냐고. 그렇지만 어떤 기대도 하지 않는다고 쓸쓸히 웃는다.

"어쨌든 그들은 아직 날 이해 못할 테니까. 아직은."

우연이 '아직은'이라는 말에 아슬아슬하게 매달려 있다는 생각이 들어 안쓰럽다. 우연은 부모님이 언젠가는 자신을 이해해 줄 거라는 희망을 품고 있는 것이다.

나는 풍향 조절 버튼을 정지에서 회전으로 맞혀 놓는다. 선풍기가 천천히 머리를 좌우로 움직인다. 우리는 한동안 아무 말이 없다.

"난 네가 참 좋다!"

먼저 침묵을 깬 건 우연. 우연이 내 어깨에 손을 얹는다. 나비의 무게는 얼마나 될까? 나비 한 마리가 살포시 내려앉은 느낌이다. 문득 세상이 알맞게 따뜻해졌다는 생각이 든다. 덥지도 춥지도 않는 봄처럼. 마음이 맞는 사람과 어깨동무를 한다는 건 어쩌면 따사로운 봄을 날아다니는 아름다운 나비가 되는 건지도 모른다.

갑자기 선풍기가 덜덜거린다.

마스크 쓰고 커밍아웃?

　나에 대한 우연의 감정을 확인할 때마다 헷갈린다. 좋아해야 하나 싫어해야 하나. 우연에 대한 내 감정 또한 헷갈린다. 순수한 우정인지 그 이상인지. 물론 핸드폰으로 내 사랑값을 알아보면 확실해질 테지만, 어쩐지 그러고 싶지 않다.

　다만 우연과 같이 다니면 좋으니까 같이 다닌다. 같이 놀면 재미있으니까 같이 논다. 그러면서도 마음 한쪽에서는 단짝을 깨? 말아? 계속 갈등한다.

　오늘은 아무리 기다려도 우연이 학교에 오지 않는다. 우연은 정말로 감기에 걸려 학교에 나오지 못했을까. 담임 말대로라면 신경 쓸 일이 아닌데 왠지 자꾸 신경이 쓰인다. 아무래도 단짝을 깨는 일은 불가능

할 것 같다.

우연이 없어서 가뜩이나 기분 안 나는데, 옆에서 채은마저 빌빌거리니 갑갑해 죽겠다. 왜 그러냐고 물어도 말을 안 한다.

"멸치랑 뭔 일 있어?"

물어도 눈만 치떴다가 다시 내리깐다. 그토록 행복에 겨워하던 채은이었기에 다 죽어 가는 모습을 보니 내가 더 죽을 맛이다.

학교가 끝나기도 전에 채은은 아프다며 조퇴를 했다. 채은의 빈자리가 쓸쓸하게 보인다. 나는 끝나자마자 채은의 의자를 책상 밑으로 밀어 넣고 우연의 집으로 달려간다. 우연의 눈이 퉁퉁 부어 있다.

"무슨 일 있었어?"

대뜸 뜨거운 무엇이 가슴에서 얼굴을 지나 머리 꼭대기로 올라온다.

"내가 수치스럽대."

"누가? 아빠가?"

"엄마도 그랬어. 누가 이렇게 낳아 달라고 했나? 아니, 안 죽어. 난 절대 안 죽어."

우연이 들릴 듯 말 듯한 소리로 맥없이 중얼거린다. 나중에 떠날 때 말한다더니 어쩌다 커밍아웃했을까? 아웃팅 당했을까?

집에 아무도 없는 줄 알고 한창 레즈 커뮤니티에 접속해 있는데, 갑자기 아빠가 등을 탁 때리더라고 했다. 외롭게 숨겨 오던 사실이 그렇게 느닷없이 알려지게 된 거다.

우연 부모님도 딸의 남다른 정체성을 받아들이기가 쉽지는 않았을 것이다. 아무리 그래도 그렇지 기껏 침묵을 깨고 딸한테 한 말이 고작 수치스럽다는 말이라니. 슬프다.

"바보야, 진작 전화라도 하지."

"전화 안 해도 이렇게 오잖아."

우연이 엷게 웃는다.

"난 괜찮아. 네가 있잖아. 이런 날 그대로 좋아해 주는 네가 있잖아."

미안하다, 우연아. 솔직히 그동안 단짝을 깨 버릴까 말까 갈팡질팡했어. 네가 좋은데 무작정 좋아해서는 안 될 것 같았거든. 켕기는 구석이 있어서 그랬는지 나는 우연의 눈을 똑바로 바라보지 못한다.

"내 얼굴 괜찮겠지? 부기만 빠지면 다시 예뻐지겠지?"

내 속마음을 아는지 모르는지 우연은 금세 생기를 되찾는다. 고맙다. 나만 있으면 이렇게 생생해지는 네가 있어서. 미안하다. 내 마음 이랬다저랬다 해서.

"영화나 볼까?"

우연의 느닷없는 제안.

"영화 조오치."

영화, 내 속을 감출 수 있는 하나의 방법이 될 것 같다.

우리는 〈빠삐용〉이라는 영화를 본다. 우연이 가장 좋아한다는 아주 오래된 영화다. 주인공이 코코넛 이파리를 엮어서 자유를 찾아 떠나는 장면에서는 감동의 물결이 가슴 가득 바다처럼 차오른다.

"비록 벽장 속에 갇혔다 해도 난 빠삐용처럼 나 스스로 코코넛 꾸러미를 만들 거야. 빠삐용이 코코넛 꾸러미를 타고 기니아 감옥을 탈출한 것처럼, 나도 벽장 속을 탈출할 거야. 그리고 외칠 거야. Hey you bastards, I'm still here(이놈들아, 내가 여기에 있다.—빠삐용이 코코넛 꾸러미에 누워 외친 말.)."

'Hey you bastards, I'm still here.' 속으로 되뇌어 본다. '이놈들아, 내가 여기에 있다.'라고.

"그리고 저렇게 자유인이 되는 거야."

우연이 코코넛 꾸러미 위에 몸을 싫고 망망대해를 떠가는 빠삐용을 뚫어져라 바라보며 중얼거린다.

우연의 엄마가 머리를 빡빡 깎은 것은 며칠 뒤의 일이다. 벙거지를 쓰고 있어서 알아채지 못했는데 우연이 말해 주었다. 우연 아빠는 아예 입을 닫아 버렸다고 한다.

나는 우연이 몹시 걱정되었지만, 오히려 우연은 평온한 모양이다.

"괜찮아. 이 이상 더 나빠질 게 뭐야? 삭발한 엄마에다, 벙어리 된 아빠. 그야말로 최악이야. 그건 그렇고 오프라인 모임 있는 거 알지? 잊지 않았지?"

우연이 재차 묻는다. 레즈클럽 얘기다. 나도 레즈클럽 오프라인 모임에 한 번 참석한 뒤로 멤버가 되었다. 엄연한 정식 멤버. 그렇긴 해도 지금껏 내가 웹사이트에 접속한 횟수는 딱 한 번뿐이다. 그것도 그저 호기심에.

호기심 그 이상의 감정이 있다고 해도 더 이상 접속하고 싶지는 않다. 집에 한 대 있는 컴퓨터가 가족 공용이다. 어떻게 보면 그 여자와 리리의 온라인 게임기라고 할 수 있다. 거실에 있는 컴퓨터로 레즈클럽 웹사이트에 드나드는 건 별 재미없을 게 분명하다. 게다가 내 낡은 핸드폰으로는 아무것도 하고 싶지 않다.

무엇보다도 레즈클럽이 낯설다. 사람들은 친근감이 가서 좋은데, 내가 이들과 같을까? 다를까? 하는 물음표가 아직도 날 괴롭히고 있어서 좀 불편하다고나 할까. 그러한 이유로 나는 뜨내기 멤버다. 닉네임도 이와 같은 상황을 대놓고 드러내기에 충분하다. 뜨내기.

"나야 뭐 뜨내기인걸."

내가 심드렁하게 대꾸하자, 우연이 말고삐를 바짝 당긴다.

"뜨내기인지 아닌지는 두고 볼 일이야. 암튼 이번 모임은 아주 중요해."

"뭐 특별 행사라도 있어?"

"가 보면 알아."

주짓수 훈련하랴, 알바하랴 정신 못 차리게 바쁘면서도 우연은 이 특별한 클럽에 각별한 관심을 기울인다. 어찌 보면 가정에서 얻지 못하는 평화나 자유 같은 소중한 것을 그곳에서 얻으려 하는 건 아닌가 싶기도 하다.

나야 하루하루 특별할 것도, 바쁠 것도 없는 일상. 그 여자가 해 주는 밥 먹고 학교 다니며, 좋아하는 책이나 읽으면 그만이다. 따분한데 거기나 가 봐?

　못 보던 얼굴들이 두 명 더 나왔고, 지난번에 봤던 수련이 나오지 않았다.

　"수련은 이번 일에서 빠지겠대. 집에서 감시가 심해진 모양이야. 학원시험 성적이 바닥으로 곤두박질쳤나 봐. 수련도 어느 정도 올려놓고 싶은가 보더라고."

　수련이 나오지 않은 이유를 조곤조곤 설명한 것은 세잔느다. 세잔느는 A시에서 제일 유명한 미술학원에 다니는 언니다. 지난번 모임 이후로 화구통을 가지고 지나는 모습을 한 번 봤다.

　세잔느를 보자마자 나는 고개를 숙여 버렸다. 아무래도 그편이 맘이 편할 듯싶어서였다. 고개를 들어 보니 어느새 우리는 서로 엇갈려 멀어져 있었다.

　그래도 이번 모임에서는 세잔느가 내게 따뜻한 눈길을 보내며 부드럽게 웃어 준다.

　"다들 알겠지만, 오늘 안건은 S시에서 있을 퀴어축제에 참여할 건지 하는 거야. 다들 자신의 의견을 솔직히 말해 주었으면 좋겠어."

　올해는 예년과 달리 행사가 축소될 거라 한다. 그래도 우리를 위한 건데 참여하는 게 좋지 않겠냐고. 나리의 말에 다들 숙연해진다. 자랑할 일도 아닌데 뭔 축제까지? 하는 맘이 언뜻 스친다.

　"공개적으로 커밍아웃하는 건 아직은 좀 그래요. 부모님한테 커밍아웃하려거든 나가 살 곳부터 구하라는 말, 그거 맞는 말이야.”

우연이 떨떠름한 기분을 감추지 않고 인상을 쓴다.

“우리 집 난리도 아냐. 엄마는 머리 밀고, 아빠는 아예 벙어리가 됐어.”

이어지는 우연의 말에 다들 한숨을 쉰다.

“너네 집도 한바탕 회오리가 쳤군. 그래도 용기를 잃지 마.”

나리가 우연의 어깨를 툭툭 두드려 준다.

“네가 잘해. 친구한테 커밍아웃해서 실패하면 그만이지만, 가족하고는 그게 안 되잖아.”

“응. 그나저나 공개적인 커밍아웃은 안 돼요.”

아빠 엄마한테 밀려난 우연이 커밍아웃에 거부 반응을 보이는 것은 당연하다.

“마스크 쓰고 하면 괜찮을 거야.”

나리가 걱정하지 말라는 듯이 얼른 우연의 말끝을 잡아챈다. 마스크 쓰고 커밍아웃이라니. 그런 방법도 있구나.

“정말 괜찮을까요?”

우연이 나리를 빤히 쳐다보는데 대답은 나리 옆에서 나온다.

“괜찮지 않겠어……?”

꼭 선머슴처럼 생긴 야간비행이 고개를 한쪽으로 갸웃하며 조심스럽게 말한다.

“누가 알겠어. 마스크 쓰면 알아볼 사람도 없을 거고, 있다 해도 뭐

수상한 연애담

어때? 내 인생인데."

비비추다. 비비추의 안경은 비비추를 환상적으로 보이게 하는 데 한 몫 단단히 하고 있다. 나는 안경 너머로 보이는 비비추의 눈을 자세히 본다. 버드나뭇잎처럼 가늘게 쌍꺼풀진 눈. 길고 짙은 속눈썹.

"난 갈래."

야간비행이 다짜고짜로 선언하고 멤버들 얼굴을 차례로 둘러본다. 단호해 보인다.

"물론, 나도."

나리가 야간비행 어깨를 감싸 안는다. 그러고 보니 나리가 쥐고 있는 핸드폰이 붉게 달아올라 있다. 야간비행 폰도 마찬가지다.

"난 못 가요. 그날 미술 실기가 있어서……."

세잔느가 핑계를 대며 빠진다.

"그럼 너도 못 가겠네?"

나리가 미소를 본다. 미소는 세잔느와 같은 미술학원에 다닌다. 미소가 재빨리 고개를 주억거린다.

"뜨내기는 가?"

느닷없는 질문에 말문이 막혔지만 나는 가까스로 대답한다.

"전 아직……."

"난 간다."

우연이 손바닥으로 테이블을 내리친다. 음악 소리가 컸기에 망정이지 그렇지 않았다면 카페 주인에게 핀잔을 들었을지도 모른다. 남의 물건 왜 때려 부수고 난리냐고.

나는 끝내 가겠다는 약속을 하지 않는다. 솔직히 겁이 난다. 나는 동성애를 그린 팬픽을 재미있게 읽을 뿐만 아니라 직접 쓰기도 한다. 그리고 남자애들한테는 1도 관심이 안 가면서, 여자애들한테는 맘이 끌리기도 한다. 그렇다고 이런 것만으로 레즈라고 단정할 수는 없다. 아니, 단정 짓고 싶지 않다.

나리와 야간비행, 비비추, 우연 이렇게 네 명이 가기로 했다.

"대강 정해진 것 같으니까 이 얘기는 갈 사람들만 개별적으로 하기로 하고 여기서 끝내자."

나리가 오늘 안건에 대해 마무리를 짓는다. 멤버들 저마다 긴장이 풀어지는지 잠시 소란스러워진다.

"내가 어제 치마를 두르고 있었거든. 근데 우리 엄마가 보더니 '음, 보기 좋구나.' 이러시는 거 있지."

단 한 번도 치마를 입어 본 적이 없다는 야간비행이 실실 웃는다.

"정말 치마를 입었어?"

나리 눈이 동그래진다.

"와우, 짱이네."

비비추가 냅킨으로 배를 접다 말고 감탄사를 날린다.

"누구 치마를 입었어요? 엄마? 설마 새로 산 건 아니지요?"

우연이 귀를 쫑긋 세우고 테이블 가까이 바짝 다가앉는다. 모두들 야간비행에게 시선을 고정한 채 조용히 있다. 야간비행이 해죽거리다가 입을 연다.

"앞치마."

일시에 폭소가 터진다. 나는 웃으면서도 마음속 깊은 곳에서부터 일어나는 이상한 불안감을 감지한다. 꺼끌꺼끌한 자갈밭을 맨발로 걷는 기분이다.

"호호호호……. 앞치마? 아이, 오빠 되게 귀엽네."

카페 여자가 우리 바로 뒤 테이블에 앉아 있었는지 몰랐다. 그녀는 야간비행을 남자로 착각한 것 같다. 아닌 게 아니라 야간비행은 얼핏 보면 남자처럼 보인다. 목소리 톤도 자못 굵고 낮다. 여자가 한껏 허리를 꼬며 미니스커트 레이스 단 같은 웃음을 주르륵 풀어놓는다.

"앞치마도 앞치마 나름이지. 앞 터진 앞치마, 뒤 터진 앞치마, 단추 달린 앞치마, 리본 달린 앞치마. 오빠 어떤 거 입었는데?"

여자가 자발없이 웃으며 묻는 통에 멤버들 모두 탐탁하지 않은 얼굴이 된다. 왜 그런지 모를 일이지만 나는 여자가 신경이 쓰인다. 여자의 말이나 행동에서 한껏 꾸민 구석만 좀 덜어 낸다면, 내가 아는 누군가와 어딘지 모르게 좀 닮았다.

"아잉, 오빠 왜 그래? 갑자기 꿀 먹은 벙어리 됐어?"

여자의 야살스러운 폼이 여간 성가신 게 아니다. 멤버들은 약속이나 한 듯 아예 거들떠보지도 않는다. 나도 되도록 무시하려 애쓴다.

"학교는 아직도 난리가 아니지?"

망고가 여자를 의식해서인지 낮은 목소리로 미소에게 묻는다.

"그렇지 뭐."

미소가 선문답이라도 하듯 아련한 시선으로 망고를 본다.

"무슨 일 있어?"

나리가 미소를 돌아본다.

"얼마 전에 사귀던 여자애들 둘이 대판 싸웠대요. 그중 한 명이 배신하고 남자애랑 사귄 모양이에요. 그냥 싸운 게 아니라 치고받고 난리도 아니었대요. 학폭위 열리고 정학 먹고, 결국 한 애가 학교 때려치웠대요."

망고는 사건의 전말을 알고 있는 듯하다.

"저런. 쯧쯧쯧."

비비추가 혀를 찬다. 여기저기서 한숨이 새어 나온다.

"그 애 반 담임이 종례 시간에 티 내지 말라고, 손잡고 다니지도 말라고 했대요. 여자 친구들 사이에서는 스킨십이 당연한 건데 말이에요."

미소가 처음으로 길게 말을 늘어놓는다.

"에고, 한 5년 자다가 일어나면 좋겠다."

미소의 말을 망고가 잇는다.

"5년이면 될까?"

망고가 의미심장한 표정으로 나를 뚫어지게 쳐다본다. 나는 무슨 뜻인지 몰라 어안이 벙벙한 채 눈만 끔뻑거렸다.

"5년 후엔 우리끼리도 거리낌 없이 사랑해도 괜찮은 세상이 되겠냐고?"

나는 망고의 말에 선뜻 대답하지 못한다. 거기까지는 미처 생각해 보지 않았으니까.

"5년이면 충분하죠. 난 그전에 이 답답한 벽장에서 완전히 나올 거예요."

"그래. 넌 모델로 데뷔하자마자 커밍아웃한댔지? 나도 금속공예가가 되면 당당하게 커밍아웃할 거야."

비비추의 꿈이 금속공예가였나 보다. 손놀림이 범상치 않아 보였던 터라 나는 잘 어울린다고 생각했다. 그녀는 분명 그녀의 이미지처럼 아주 낭만적인 금속공예품을 만들어 낼 것이다. 어린 달팽이가 초침을 타고 시간을 돌아다니는 시계라든가, 다리 긴 캥거루가 진주알을 굴리며 나들이 가는 목걸이 같은 것을.

멤버들은 이런저런 이야기를 하며 시간을 보낸다. 저마다 레즈로서의 어려움을 이야기하며 또 서로의 아픔을 달래 주기도 한다. 이들의 이야기가 이렇게 많은 줄 몰랐다. 또 이렇게 아픈 줄도 몰랐다. 나는 지금까지도 우연이 가르쳐 준 사이트에 딱 한 번밖에 들어가 보지 않았고, 이들과의 카톡도 씹고 있다. 나는 이들에 대해서는 아무것도 모른다. 모르고 싶다. 다만 우연이 가는 곳이면 어디든 함께 가고 싶을 뿐이다. 그게 조금은 낯설고 꺼림칙한 레즈클럽이라고 해도.

이들은 정말로 벽장 속에 갇힌 고립된 사람들이라는 생각이 든다. 가족에게도 친구들에게도 솔직할 수 없는 이들. 그런데도 이들은 어딘가 씩씩하다. 꿋꿋하다. 서로의 아픔을 알고 있는 동지들이 있어서 그럴 것이다. 나는 잠자코 그들의 이야기를 듣다가 미안함 반, 불안함 반 섞인 맘으로 헤어졌다.

우연이 내 옆에 바짝 붙어 걸으며 같이 가자고 한다.

"싫어."

나는 뭔지 모를 거부감에 딱 잘라 거절한다.

이게 다 성이화, 너 때문이야

사건이 터진 건 어쩌면 당연한 결과였는지도 모른다. 그러나 나는 전혀 예측하지 못했다.

우연과 함께 언니들이 다니는 미술학원에 가기로 해서, 우연이 훈련하고 있을 주짓수 도장으로 가는 길이다. 우연과 나, 세잔느, 그리고 미소, 이렇게 넷이서 떡볶이를 먹기로 했다.

매콤한 떡볶이 생각을 하니 입에 절로 군침이 돈다. 발걸음도 가벼워 날아갈 듯하다.

그런데 이 성이화 님의 행차를 막는 이가 있었으니, 이름하여 준영 똘마니. 삼짱, 왁스다.

얘는 또 왜 나타난 거야? 내심 긴장된다.

"성이화, 나랑 같이 가자."

왁스가 다급하게 나를 잡아끈다.

"이거 놔."

나는 팔을 뿌리치며 앙칼지게 소리친다.

"빨리 가야 돼. 준영이가, 준영이가."

흥분했는지 말을 버벅인다.

"준영이가 뭐?"

아참, 내가 준영이랑 무슨 상관이람.

"아니, 준영이든 뭐든 난 너네들과 상관없어."

나는 왁스를 피해 성큼 걷는다.

"준영이가 형수한테 맞고 있어."

"일짱이 이짱한테 맞는다는 게 말이 되니? 그만 좀 웃겨라."

헛웃음이 나온다. 준영이 그 똘마니 울프컷을 때리면 때렸지 맞는다는 말은 귀신이 들어도 웃을 일이다.

"진짜야. 너 때문에 맞고 있단 말이야."

"뭐? 나 때문에? 왜?"

"그게. 준영이가 너 때문에 공부한다고 우리랑 안 어울리니까, 형수가 반기 든 거야. 어쨌든 나중에 얘기하고 지금은 빨리 가자. 그렇지 않으면 큰일 난다고."

큰일 난다는 말에 나는 왁스를 뒤따라 뛴다. 우리가 닿은 곳은 굴다리 밑이다.

진짜로 준영이 울프컷한테 맞고 있다. 일짱이 이짱한테 맞을 수도 있구나. 근데 그게 나 때문이라고? 그렇다고 여기가 어디라고 오니, 성이화. 갑자기 겁이 덜컥 난다. 내 발걸음은 선뜻 굴다리 한가운데로 들어가지 못하고 우뚝 선다. 이대로 달아날까? 굴다리 위 횡단보도로 뛰어가면 주짓수 도장으로 갈 수 있는데. 달아나고 싶은데 달아날 수도 없다. 나 때문이라지 않는가.

"그만해."

힘껏 소리쳤는데 내 목소리가 그다지 크지 않다. 굴다리가 쩌렁쩌렁 울려야 울프컷이 겁먹고 냅다 달아날 텐데.

준영이를 더 치려다 말고 울프컷이 돌아본다. 그러고는 나를 향해 쓰게 웃는다.

"왔으면 거기 그러고 있지 말고 가까이 와 봐."

울프컷이 손짓한다. 마법이라도 걸린 듯 나는 그 손짓에 따라 가까이 간다. 준영이 입술이 터져 피가 난다. 윽, 장난 아니구나.

"왜 왔어. 성이화. 넌 그냥 가. 빨리 가."

준영이 나를 밀자 울프컷이 막는다.

"이거 왜 이래. 살아도 같이 살고, 죽어도 같이 죽자고 맹세해 놓고. 이깟 기집애 때문에 의리를 배신해?"

울프컷이 길길이 날뛴다.

"정 그러면 나도 가만 안 있어. 이 기집애 타깃으로 삼을 거야, 알았어?"

울프컷이 나와 준영을 번갈아 노려본다. 그 순간 준영이 몸을 추스른다.

"뭐라고? 이 새끼야."

준영이 주먹으로 울프컷의 얼굴을 가격한다. 어디서 그런 힘이 난 걸까.

"쟤 건들면 너 나한테 죽을 줄 알아."

그러면서 한 대 더 친다.

"내가 빠지면 니가 일짱하면 되잖아, 이 새끼야."

"내가 일짱 되고 싶어 이래? 우리가 아닌 쟬 선택하면 넌 완전 왕따 되는 거야. 알았어?"

'퍽.'

"그래, 쳐라. 쳐. 대신 쟤 건들지 마."

준영이 울프컷의 분노가 식을 때까지 맞아 주려는 듯 맥없이 맞기만 한다.

"이게 다 성이화, 너 때문이야."

사각 턱이 이빨을 갈며 다가온다. 꼭 한 대 칠 것 같다. 두려운 맘에 나도 모르게 눈을 질끈 감는다.

"윽."

다 죽어 가는 목소리. 분명 내 목소리는 아니다. 아픈 데도 없다. 갑자기 무슨 일이지? 살그머니 눈을 떠 본다.

사각 턱이 한쪽 어깨를 짚으며 죽는소리를 하고 있다. 우연이 사각 턱의 팔을 뒤로 꺾고 있다.

"달아나."

우연이 내게 소리친다. 나는 인정사정없이 뛴다. 대로로 나와서야 정신이 든다. 우연은 무사할까? 무사할 거다. 왠지 그런 믿음이 간다. 주짓수 보라 띠 아닌가.

숨차게 달리다가 사람들 많은 도로에서 천천히 숨을 돌린다. 미술학원을 향해 한참을 걸어도 우연은 올 생각을 하지 않는다. 다시 가 봐야 하나 어쩌나 하는데, 저 멀리서 우연이 달려온다. 나는 이제야 안도의 한숨을 토해 낸다.

가까이 다가온 우연은 아무 일도 없었다는 듯 아무렇지 않은 표정이다. 숨도 차지 않은지 헐떡이지도 않는다. 체력 하나는 타고난 모양이다. 아니, 정확히 말하면 빼어난 외모에 체력까지 타고난 모양이다.

우연과 같이 들어간 미술학원은 생각보다 크다. 2층과 3층, 4층이 다 입시생이 쓰는 층인데, 2층에 동양화실이 따로 있다. 동양화실에서는 성인들 몇이 동양화를 그리고 있다. 동양화실 앞 복도에는 옛 선조들의 동양화 몇 점이 걸려 있다. 그중에 조선 시대 화가 김홍도가 그렸다는 〈서당도〉가 있다. 〈서당도〉에 얽힌 이야기를 읽은 적이 있다.

서자인 한 도령이 힘센 양반집 도령 셋의 책보를 대신 끙끙 메고 서당에 가는 길에 개울을 건너다가 미끄러져 그만 권 도령의 책보를 물에 떨어뜨렸다. 개울을 건너자마자 권 도령은 서자의 따귀를 때린다. 같이 가던 양반집 학동들도 서자를 마구 두들겨 팬다. 권 도령은 서자의 책보를 빼앗고 물에 젖은 책보를 서자에게 던져 준다. 억울했지만 힘없는 서자라 어쩔 수 없이 당해야 했다.

서당에 도착하자 훈장이 《천자문》 숙제 검사를 한다. 서자는 훈장에게 자초지종을 이야기하려 한다. 순간 권 도령이 서자를 노려본다. 서자는 숙제를 안 해 오고, 책도 잘 간수하지 못해 종아리를 맞는다. 서글픈 마음에 눈물이 왈칵 쏟아진다. 하지만 다른 학동들은 고소해하는 눈치다. 서자의 억울함은 아랑곳하지 않고 시시덕거린다.

김홍도의 풍속화 〈서당도〉에서 키득거리는 학동들에게 둘러싸여 훌쩍거리는 서자는 18세기 조선 시대 서당에서 왕따였다. 이렇듯 학교 폭력이나 집단 따돌림은 옛날에도 있었다. 그러고 보면 인간의 내면에 잔인한 폭력성이 존재하는 것 같다.

내가 어디선가 읽은 〈서당도〉에 얽힌 이야기를 해 주자, 우연이 연신 고개를 크게 끄덕거리며 듣는다.

〈서당도〉를 가만히 보고 있자니 준영이 생각난다. 우연의 말로는 준영이 흠씬 맞는 걸로 사건이 일단락됐다고 한다. 준영은 괜찮을까? 내가 뭐라고 그렇게까지 하는 걸까? 심란해진다.

그나저나 애들은 왜 저리 일짱, 이짱, 삼짱…… 이런 걸 정해 놓고 패거리로 다닐까? 왜 저리 싸우고 난릴까? 발 빼면 모른 척하면 되지 왜 왕따시키는 걸까.

내 머릿속은 한동안 어지러웠지만, 우연 그리고 언니들과 먹은 떡볶이는 더할 나위 없이 맛났다.

굴다리 사건 이후로 나는 그 이전보다 더 준영과 맞닥뜨리지 않으려고 노력한다. 준영에 대해서는 무엇보다도 미안한 마음이 앞선다. 준영은 자기를 좋아하지 않는 것을 알면서도 날 보호하려고 몸을 사리지 않았다. 뿐만 아니라 내가 순간을 모면하려고 했던 말을 믿고 열심히 공부하고 있다. 공부 열심히 해서 나쁠 건 없다 싶기도 하고, 상관하고 싶지 않기도 해서 모른 척하고 있지만 미안한 건 사실이다.

그래서일까. 준영을 생각할 때나 준영에게 문자를 보내려다 말 때, 누군가 준영 소식을 말해 줄 때, 내 핸드폰은 회색이 아닌 분홍색으로 변한다.

우연이 내게 준영과의 사이를 물어 왔을 때, 난 아무 사이도 아니라고 딱 잡아뗐다. 그러자 우연이 말했다.

"너는 걔랑 아무 사이 아니지만, 걔는 너 좋아해. 진심."

그러거나 말거나 나는 변함없이 우연과 친하게 지냈다.

몇 주일 만에 우리는 또 가문을 만나러 갔다. 가문이란 원래 가족이 아니라 레즈클럽에서 만난 대안 가족을 말한다. 이쪽 세계에서는 다들 그렇게 말하는 듯하다. 이쪽 세계에 조금씩 눈을 뜨면서 나는 알게 되었다. 외롭게 홀로 지내던 레즈들이 소통하고 싶어서 SNS를 뒤지고, 자기와 같은 이들을 직접 만나 보고 싶어서 점점 밖으로 나와 자연스럽게 모이게 되었다는 것을. 우연의 말마따나 이들에게 가문은 자신의 존재를 부정하지 않아도 되는, 생긴 대로 인정해 주고 공감해 주는 가족이라는 것을.

딱히 대안 가족이 필요한 건 아닌데도 나는 우연이 가자면 같이 갔다. 우연과 함께 있으면 행복하다는 게 이유라면 이유다. 우연은 나와 함께 있으면 행복해하고, 나도 우연과 함께 있으면 행복하다. 누가 나와 함께해서 행복하다고 한 사람은 이제껏 아무도 없었고, 마찬가지로 나도 누구와 함께 있는 것이 이토록 설레고 행복하다고 느낀 적은 지금껏 없었던 것 같다.

나무와 풀잎이 새로 참석했다. 둘 다 우락부락하게 생겼다. 검은 피부색, 각진 턱. 거기다가 우람한 체격까지. 누가 봐도 남자 같다.

이런저런 이야기 중에 검정고시에 대한 이야기가 나왔다.

"공부는 잘돼?"

나리가 나무와 풀잎에게 말한다.

"뭐, 그럭저럭."

풀잎이 한쪽 입꼬리를 치켜올리며 웃는다. 무스를 잔뜩 발라 하늘로 치솟은 앞머리 때문일까. 입을 삐뚜름하게 일그러뜨리고 웃는 웃음이 희화적으로 보인다.

풀잎은 정상적으로 학교를 다녔다면 고3이었을 텐데 중학교를 마치고 진학하지 않았다고 한다. 중3 때 레즈라는 사실이 알려져 졸업 때까지 곤욕을 치른 일이 한두 번이 아니었다고. 그대로 진학을 한들 나아질 건 없다고 판단해서 진학을 포기하고 공장에 다니고 있다고 한다.

나무의 사정도 풀잎보다 나을 게 없다. 열여섯 살에 레즈라는 성 정체성을 받아들이지 못한 그녀는 스스로 손목을 긋기도 했다. 그런 힘

겨운 시절 풀잎을 만나 새로운 삶의 희망을 얻었다고.

"풀잎 아니었으면 난 벌써 딴 세상 사람이 됐을 거야. 그때는 정말 죽고 싶은 마음뿐이었거든."

나무가 풀잎과 부드러운 눈빛을 주고받는다.

"죽긴 왜 죽어요? 악착같이 살아남아야지. 보란 듯이."

우연이 테이블을 치며 입을 앙다문다.

"그래, 나르시스 말이 맞아. 나 그대로를 인정하고 받아들이면 돼. 가족들 친구들 다 외면해도 우리가 있잖아. 아프다고 말 안 해도 얼마나 아픈지 다 아는 우리 동지들이 있잖아. 그것만으로도 살아갈 이유는 충분한 거야, 지금은."

'지금은'이라는 나리의 말이 여운을 남긴다. 지금은 내가 나인 것과 나와 같은 동지들이 있다는 것만으로 살아갈 수 있지만, 앞으로는 그렇지 않다는 얘기일까. 그래서 이들은 지금보다 나은 미래를 위해 퀴어축제에 가려는 걸까. 갑자기 머리가 복잡해진다.

"우리 떡볶이 먹으러 갈 건데 너희들은 어쩔래?"

분위기를 바꾸려는 듯 나리가 야간비행과 어깨동무하며 묻는다.

"콜?"

나리 말이 떨어지기 무섭게 풀잎이 나무에게 묻는다. 그녀의 얼굴을 덮고 있던 어두운 그림자는 온데간데없이 사라지고 없다.

"콜."

나무가 주섬주섬 일어서며 대답한다.

"우린 좀 더 있다가 갈게."

검은색 셔츠재킷을 차려입은 머짧 꼬랑지 세잔느가 음료를 마시며 말한다.

나리, 야간비행, 풀잎, 나무가 나가자 세잔느가 제안한다.

"우리도 뭔가 의미 있는 일을 하는 게 어때?"

세잔느의 말이 무슨 뜻인지 알아듣지 못한 우리는 멀뚱히 세잔느를 쳐다본다.

"우리 집 뒤에 보육원이 있거든. 거기 애들이 열다섯 명 정도 된대. 우리가 목도리를 떠서 이번 크리스마스에 그 애들한테 선물하는 건 어떨까?"

세잔느의 말에 다들 그거 좋겠다며 기꺼이 동의한다.

"좋았어."

우연이 손바닥으로 탁자를 내리친다. 아무튼, 시도 때도 가리지 않고 탁자를 내리치는 버릇만큼은 알아줘야 한다.

"각자 집에서도 틈틈이 뜨고, 모일 때도 가져와 다 같이 뜨고 그러자. 아까 걔들도 다 동의했어."

세잔느의 말에 우연이 또 손바닥으로 탁자를 세게 친다. 아무튼 못 말려 정말.

"그런데 언니들 입시는 어쩌고요?"

갑자기 우연이 눈을 동그랗게 뜨고 언니들을 번갈아 바라본다.

"걱정 마. 학원 다니면서 짬짬이 하면 돼. 뜨개질이라도 해야 맘이 좀 안정될 것 같기도 하고."

"맞아, 쉬엄쉬엄 차근차근 준비하면 돼. 다들 한 번씩은 떠 봐서 알 겠지만, 목도리는 그냥 네모반듯해서 뜨기에 어렵지 않아."

언니들 말에 우연과 나는 고개를 끄덕이면서도 미심쩍은 눈빛으로 서로를 바라본다. 난 단 한 번도 뜨개질을 완성해 본 적이 없다. 처음에 시작할 때는 끝장을 보겠다고 시작해 놓고는 내가 뜨개질을 하고 있었 다는 사실조차도 잊어버리기 일쑤였다.

보아 하니 우연도 나와 별반 다르지 않을 것 같다. 아니나 다를까, 자리를 마무리하고 일어나며 우연이 내게 속삭인다.

"나 뜨개질 잘 못해. 크크크."

"나도."

우리는 모종의 비밀이라도 공유한 듯 웃는다.

언니들이 먼저 카페를 나갔다. 우연과 내가 막 카페 문을 나서려는 데 준영 똘마니들, 아니 이젠 똘마니가 아닌 일짱 울프컷, 이짱 왁스, 삼짱 사각 턱이 거들먹거리며 밀고 들어온다. 우리는 맥없이 뒤로 밀 린다. 오늘따라 카페 주인은 없고 대신 일하는 여자가 카운터까지 도 맡고 있다. 카페 안에 손님도 한 명 없다. 그야말로 독 안에 든 쥐다.

"이게 누구야? 요조숙녀인 척하더니 레즈였어?"

울프컷이 나를 꼬나본다. 뭐지? 그때 카운터에 있던 여자가 안경을 벗으며 '안녕.' 하며 인사한다. 희지다. 잔뜩 컬을 넣은 노란 머리, 짙은 화장에 유난히 길고 새까만 인공 속눈썹. 쌍수까지! 감쪽같다.

희지는 얼마 전에 결국 자퇴를 했다. 퇴학을 피할 수 없어 선택한 궁여지책이었다. 그 뒤로는 소식을 듣지 못했는데 외나무다리에서 만날 줄은 꿈에도 생각 못 했다.

"니들 그렇고 그런 사이였어? 이런 줄도 모르고 준영이 그 미친 새끼가 너랑 사귀겠다고 그 지랄을 떨고 있는 거야?"

울프컷이 엄지와 집게손가락으로 내 턱을 잡고 들어 올린다. 나는 눈을 흘기며 얼굴을 빼려고 하지만 맘대로 되지 않는다. 울프컷의 손아귀 힘이 너무 세다.

"그 손 치워."

나보다 먼저 우연이 외치면서 울프컷한테 달려든다. 울프컷이 노련하게 피한다. 만만치 않아 보인다.

"못 치우겠다면?"

울프컷이 우연을 노려본다.

"못 치우겠다면 나랑 한판 붙어야지."

우연의 얼굴이 붉으락푸르락하다.

"후회할 텐데."

울프컷이 가소롭다는 듯 웃는다.

"후회할지는 두고 볼 일이고."

우연이 잽싸게 울프컷의 양쪽 어깨를 잡아끌더니 순식간에 뒤로 돌려 버리며 팔을 꺾어 제압한다. 잔뜩 인상을 쓰며 앓는 소리를 내는 울프컷. 고거 깨소금 맛이다. 감히 주짓수 보라 띠한테 까불어?

우리가 레즈라는 소문은 삽시에 퍼졌다. 올프컷 패거리들의 물밑 복수다. 그 애들이 워낙 신용 있는 아이들이 아니라서, 다른 아이들이 그 애들 말을 전적으로 믿는 건 아니다. 그렇다고 아예 안 믿는 눈치도 아니다.

어쩌다 아이들이 호기심 가득한 눈빛으로 소문의 진상을 물어 오곤 한다. 그럴 때마다 우연이 때로는 농담기 철철 넘치는 긍정으로, 때로는 강한 부정으로 응수한다. 커밍아웃의 쓰디쓴 맛을 너무나도 잘 알고 있는 우연으로서는 당연한 반응이다. 나 역시도 '고양이가 알 낳겠네.' 하고 펄쩍 뛴다.

그렇다고는 해도 우리가 레즈일 거라고 쏙닥거리는 아이들이 있다는 걸 모르는 건 아니다. 요즘 아이들 사이에서는 이반(성 소수자)이 쫄깃한 관심사로 떠오르고 있는 데다가, 너 나 할 것 없이 어떤 충격적인 일로라도 지긋지긋한 공부 스트레스나 취업 스트레스를 잠시나마 떨쳐 버리고 싶어 안달하고 있다. 실업계 고교라고 해도 인문계나 여타의 고교 못지않게 모두 스트레스를 받고 있다.

내게 사귀자던 남학생들이 애처로운 눈빛으로, 혹은 멸시의 눈빛으로 나를 살피는 것을 느낄 수 있다.

자신이 레즈라며 고백하는 척하면서 떠보는 아이도 있다. 그럴 때 나는 무심하게 응대한다.

"너나 나나 이반이 아니라 일반이야. 난 알겠는데, 넌 모르겠냐?"

감정을 누구보다도 노골적으로 드러낸 애는 혜리다. 혜리는 '혹시

날 좋아하는 건 아니지?' 하고 대놓고 묻는다. 어이가 없어 말이 안 나
온다. 내가 눈이 삐었는지 아나? 참.

준영은 소문을 헛소문으로 취급해 버리는 듯하다. 변함없이 공부에
열심이다. 그러거나 말거나.

"야, 이 년아. 니가 무슨 연예인이기를 해, 아님 모델이기를 해. 뭔 할
짓이 없어서 동성연애야, 동성연애가?"

소문은 그 여자 귀에도 들어갔다. 그 여자는 나를 볼 때마다 벌레가
스멀스멀 목덜미로 기어 올라가기라도 한 얼굴을 한다. 천성이 코믹한
사람이라서 그런지 그 여자의 표정이 어딘가 코믹하게 보이기도 한다.
내가 레즈일지도 모른다는 사실이, 그 여자에게는 한때 떠올랐다 잦아
들 뜬소문쯤으로 여겨질지도 모르는 일이다.

"이화 니가 여자애를 좋아하는 건 말이야, 그 나이에는 당연한 거야.
나도 너만 할 때 옆 반 남자애를 참 많이 좋아했어. 그때 걔가 얼마나
좋았는지 나도 이상하다고 생각할 정도였다니까. 보면 설레고, 손도
잡아 보고 싶고, 심지어 키스도 한번 해 보고 싶었다니까. 그런 애들 많
았어. 그때는 자기들이 혹시 게이 아닐까, 레즈 아닐까 의심도 해 보고
그러는데, 그거 다 지나가더라고."

그 남자에게도 그리 심각하게 작용하지는 않는 모양이다. 그래도 그
여자보다는 그 남자의 말이 더 듣기 좋다. 그 남자의 말대로 내 감정도
한때 불었다가 지나가 버리는 바람일지도 모른다.

나는 헛소문만 믿고 왜 그러냐고 화를 낸다. 웃긴다고 콧방귀를 뀌

기도 한다. 그런데도 왠지 그 사람들이 더 거북하게 느껴진다. 나는 잠자는 시간 이외의 대부분을 밖으로 돈다.

〈서당도〉는 그야말로 어느 시대, 어느 곳에서나 그려질 수 있는 그림인지도 모른다.

스위트 포테이토, 오카리나

　　나와 우연은 틈만 나면 시내를 벗어나 외각으로 돌았다. 그즈음 우연은 맥도날드 알바를 그만두었다. 하면 할수록 자존감이 바닥으로 내려앉아서 더는 버티기 힘들다고 했다.

　　"손님이 햄버거 주문하면서 '언제 나와요?' 묻는다. '한 3분 걸려요.' 하면 인상 팍 쓰고 뭐가 그렇게 늦냐고 신경질 부리는 거 있지. 아니 음식을 먹겠다면서 3분도 못 기다린다는 게 말이 되니?"

　　그렇게 하소연을 하다가도, 또 이렇게 말한다.

　　"하긴, 맥도날드 햄버거가 음식은 아니지. 그냥 상품이지."

　　그리고 자조적으로 웃는다.

　　우연이 알바를 그만두고 나니 같이 다닐 시간이 늘어났다. 우연이 다시 알바를 찾을 때까지는 얼마든지 같이 다닐 수 있다. 우리는 한가한 교외를 돌아다니다가 마음 붙일 곳을 한 곳 발견했다. 공방. 공부방이 아닌 공방. 이건 우연이다. 어쩌면 필연인지도.

그 공방이 있는 동네는 도둑고양이가 많을 것 같은 허름한 동네였다. 골목을 배회하다가 우리는 공방 앞에 이르렀다. 공방은 조금 높은 지대에 있다. 다섯 개의 계단 끝에 한옥에서나 볼 수 있는 조그마한 나무 대문이 있고, 대문 한가운데 우연 얼굴만 한 크기의 둥그런 손잡이가 달려 있다. 손잡이 옆에 '오카리나 공방 작은 거위'라는 팻말이 붙어 있다.

조심조심 계단을 올라간다. 계단 틈새로 풀꽃들이 자라고 있다. 개망초꽃이 반쯤 고개를 숙이고 있다. 어느 시인은 밥풀 같은 꽃이라고 했지만, 아무리 봐도 밥풀 같지는 않다. 연보라색 꽃을 한껏 피워 올린 쑥부쟁이도 보인다. 그러고 보니 개망초와 쑥부쟁이가 서로 색깔만 다른 옷을 입은 자매들 같다. 조그마한 댑싸리도 연녹색의 자잘한 꽃을 달고 있는데, 미풍에 살짝 흔들리는 게 꼭 애완견 시추를 닮았다. 들꽃으로 덮여 있는 계단이 어쩐지 정감 간다.

문을 두드리려고 하는데 '그냥 들어오세요.'라는 작은 글귀가 손잡이 옆에 쓰여 있다. 잡아당겨서 여니 안쪽에 미닫이문이 하나 더 있다. 옆으로 미니 도어벨에서 풍경 소리가 울린다.

탁 트인 공방 한가운데 커다란 탁자에 앉아 사람들이 흙으로 무언가를 열심히 만들고 있다. 그 모습을 보는데 이상하게도 마음이 평온해진다. 우연도 그런 것 같다. 우리는 어떤 알 수 없는 힘에 이끌려 성큼 내딛었다.

"어서들 와."

얼굴이 갈걍갈걍한 여자가 생그레 웃는다. 그 웃음이 우리를 낯선 이방인이 아닌 잠깐 외출했다가 돌아온 가족을 맞는 것처럼 살갑다.

"나는 지현이야. 그리고 이분은 우리 아버지."

"반갑구나."

믿기 어려운 일이지만, 놀랍고도 놀라운 일이지만, 행운 중의 행운이지만, 우리는 아주 자연스럽게 '작은 거위'와 친해졌다. 세상에 이런 일도 있구나. 오래전부터 그래 왔던 것처럼 반갑게, 다정하게, 우리를 받아 주는 곳도 있구나. 우연의 눈이 그렇게 말하고 있다. 내 눈처럼.

공방 뒷문을 열면 바로 뜰이다. 뜰 한쪽에 장작이 차곡차곡 쌓여 있고, 장작더미 앞에 외바퀴수레가 떡하니 놓여 있다. 그 옆에 자그마한 가마가 있다. 도자기 체험학습 가서 봤던 가마와는 비교도 안 될 정도로 앙증맞은 가마다. 도자기 굽는 가마가 황소라면, 이곳 가마는 강아지라고 할 수 있어서 차라리 귀엽다.

가마 맞은편으로 꽃밭이 있고, 그 사이로 문도 달리지 않은 채로 담장이 끊어져 있다. 그곳으로 논이 보인다. 논을 보고 나서야 나는 이따금 풀벌레 소리가 들려온다는 사실을 깨닫는다.

나는 꽃밭 길을 경중경중 뛰어 넘어가 본다. 눈앞에 펼쳐진 풍경이 그야말로 장관이다. 누군가 빼어난 솜씨로 그려 놓은 듯 일렁이는 초록 물결, 나도 자그마한 초록 잎사귀라도 되어 그 가운데 서 있고 싶어진다.

초록 물결 끄트머리에 오두막이 한 채 있다. 산에서 데굴데굴 굴러 내려오다 멈춘 밤송이처럼 오도카니 앉아 있는 모습이 아스라하다. 화룡정점이라고 했던가. 어느 화가가 오두막을 용의 눈동자처럼 그려 넣어 그림을 완성한 듯싶다.

앞에서 보면 골목 많은 허름한 마을이 뒤에서 보면 경치 끝내주는 시골 마을로 둔갑하다니! 이런 곳에서 한평생 죽치고 살아도 좋을 것 같다.

공방은 따 된 나와 우연이 기어들기에 딱 좋은 곳이다. 천의 요새라고나 할까. 우리는 틈만 나면 공방으로 달려갔다. 지현 언니는 우리에게 오카리나를 하나씩 만들어 주었다. 난 오카리나를 작은 거위라 부른다. 오카리나를 보고 있으면 작은 거위가 뒤뚱거리는 모습이 보이는 것 같다. 오카리나가 이탈리아어로 작은 거위라는 데야 말해 무엇 하랴!

우연은 지현 언니가 만들어 준 오카리나의 또다른 명칭이 sweet potato라는 것을 안 뒤로 그것을 달콤한 감자라고 부르며 틈만 나면 불자고 성화다. sweet potato를 고구마가 아닌 달콤한 감자라고 직역하다니! 직선형 우연답다.

이반이라면 아웃팅의 공포에 사로잡혀 행동 하나하나에 조심하지 않으면 안 되는 게 학교다. 이반이 아니더라도 동성끼리 너무 살갑게 굴면 이반이라는 소문이 돌기도 하는 게 학교다. 우리는 되도록 학교에서 안 친한 척하려고 애썼다. 작은 거위도 학교가 아닌 곳에서 불어야 했다.

우리는 공방의 한적한 풍경과 어우러져 작은 거위를 불곤 했는데, 불고 있노라면 우리가 아주 특별한 사람들이 된 것 같았고, 꽤 잘 부는 것 같은 착각이 들곤 했다. 처음엔 '작은 거위, 일단 울어 봐!' 하던 것이, 요즘은 '작은 거위, 오~ 좀 우는데!!' 한다.

"이러다가 우리 공연하러 다니는 거 아냐?"

우연이 으스댄다.

"우물에서 숭늉 찾겠다, 너."

나는 작은 거위를 불다 말고 살짝 눈을 흘긴다. 이제 겨우 삑삑거리는 소리를 면했는데 꿈도 야무지다. '작은 거위, 재주 부리네~!!!' 하려면 아직 멀었다.

"우물에서 숭늉을 찾든 정수기에서 숭늉을 찾든 이 정도면 폼 나지 뭐."

어이가 없어 웃음이 나온다.

"하긴, 석류는 떨어져도 안 떨어지는 유자를 부러워하지 않는다더라."

"그게 무슨 말이야?"

속담이라고는 '똥이 무서워 피하나 더러워 피하지'라는 말밖에 모르는 우연이 묻는다. 그러게 나처럼 문고판 속담책이라도 하나 화장실에 걸어 두라니까.

주야장천 작은 거위를 불다가 진력이 난 우리는 드넓은 논둑을 걸어서 오두막을 찾아가곤 했다.

속계와 진계의 경계를 이룬다는 일주문은 고사하고, 이렇다 할 법당도 승방도 보이지 않는다. 보이는 건 달랑 하나, 다 쓰러져 가는 흙집이다. 울퉁불퉁한 흙벽이 당장이라도 무너질 것처럼 아슬아슬하다. 초로의 노인이 간신히 앉아 있는 형상이다.

한 발 디디면 푹 꺼질 것 같은 툇마루가 노인의 말라깽이 다리처럼 삐뚜름히 놓여 있고, 활짝 열려 있는 문으로 방 깊숙이 앉아 있는 불상이 정통으로 보인다. 불상이 있는 것으로 보아 법당인 것 같다. 법당이라고 하기에는 너무도 작고 초라해 보인다.

그 옆으로 외짝 쪽문이 닫혀 있는 방 하나. 이 방 앞에는 툇마루도 없이 두 칸으로 된 흙 계단이 동그마니 놓여 있다.

지우개로 살짝 지우면 금세 지워질 것만 같은 오두막이다. 이 조그마한 절에 과연 누가 살고 있는지 보고 싶었는데 아무도 없다.

우리는 법당의 불상을 향해 합장했다. 나는 우리의 우정인지 사랑인지 모를 이 감정이 영원하기를 빌었다. 어쨌든 우연과 함께 있는 시간은 즐겁고 행복하니까.

"톡 하고 건드리면, 폭삭 주저앉을 것만 같아."

오두막을 뒤에 두고 내려오면서 우연이 한마디 한다. 어쩌면 서로를 향한 우리의 감정이 그런 건 아닐까 하는 생각이 문득 든다. 툭 하고 건드리면 폭삭 주저앉을 그런 허망한.

"어? 저게 누구야?"

우연이 논둑을 걸어 다가오는 여자를 가리킨다. 하늘로 치솟은 앞머리. 헐렁헐렁한 힙합바지. 틀림없는 풀잎이다.

"언니."

내가 부르자, 우연이 서슴없이 그녀의 이름을 부른다.

"헤이, 풀잎."

"어? 너네들이 여긴 웬일이야?"

"그러는 풀잎은?"

"으응…… 일하던 공장에서 잘렸어."

"잘려?"

우연의 물음에 풀잎이 쓰게 웃는다.

"그런 얼굴들 하지 마. 난 괜찮아. 교회에서 운영하는 공장이어서 각오하긴 했어. 교회가 좀 보수적이잖아."

풀잎은 애써 밝은 얼굴이다.

"직장 잘렸다고 여기까지 와?"

우연이 풀잎에게 묻는다.

"저 절에 가끔 오거든."

그렇다. 풀잎도 남몰래 기도할 간절한 그 무엇이 있는 거다. 우연과 나는 풀잎이 불공드리는 동안 절 아래 논둑에 앉아서 기다린다. 풀잎은 꽤 오랫동안 불공을 드렸다.

"나는 그렇다 치고, 너희들은 웬일이야?"

풀잎이 한참 만에 우리 옆으로 와 앉는다.

"저어기에 공방이 있어요. 거기 가서 달콤한 감자 배우고 그래요."

우연이 논둑 너머를 손가락질한다.

"달콤한 감자?"

풀잎 눈이 동그래진다.

"오카리나요."

내가 얼른 대답한다.

"아~, 오카리나~."

풀잎이 두어 번 고개를 끄덕인다.

"아저씨랑 언니가 되게 친절해요."

"그런 데도 있어?"

내 말에 풀잎 눈이 신기하다는 듯이 다시 커진다.

"같이 갈래요?"

"그래도 돼?"

묻는 풀잎 얼굴이 환해진다.

"그럼."

우연이 일어서며 엉덩이를 턴다. 우리는 나란히 논둑길을 걸어 공방으로 갔다.

우연이 아저씨와 지현 언니에게 풀잎을 동아리 친구라고 소개했다. 절에서 우연히 만났다고. 이게 정말 우연한 일이냐고. 거듭 자신의 이름을 넣어 가며 너스레를 떨어 댄다.

"잘 왔어. 심심할 때 언제든 와. 흙 피리 연주도 하고, 만들기도 하고."

"반갑다."

아저씨와 지현 언니는 우리를 처음 맞아 줄 때처럼 스스럼없이 대해 준다. 풀잎 얼굴에 웃음이 떠나지 않는다.

"뭐가 그렇게 웃겨?"

우연이 풀잎한테 묻는다.

"그냥. 날 이렇게 반갑게 맞아 주고 살갑게 대해 준 곳은 여기가 처음이야. 너희들 빼고는."

풀잎 말이 가슴을 콕 찌른다.

우연은 아저씨에게 빨리 작은 거위를 만들자고 보챈다. 세상에서 가장 달콤한 감자를 만들겠다며 방방 떠서 난리다. 풀잎은 만드는 거라면 뭐든 자신 있다고 뻐긴다.

아저씨가 흙방 한쪽에 비닐로 싸 둔 흙 한 덩이를 가져오라고 한다. 아저씨 말이 떨어지기가 무섭게, 우연이 코끼리 다리만 한 흙기둥을 가져온다.

"허허, 그 녀석들 번갯불에 콩 볶아 먹겠네."

아저씨가 너털웃음을 날리며 공방 안쪽으로 들어간다. 우리는 누가 먼저랄 것도 없이 급히 따라 들어간다. 선반에 가지런히 놓인 작은 거위들을 볼 때마다 그것들이 정말 작은 거위로 보인다. 머잖아 날개를 펴고 하늘을 날 것만 같다.

우리는 선반 앞에 놓인 긴 탁자에 나란히 앉는다. 작은 거위들과 마주 보고 앉기를 잘했다. 흘낏흘낏 모양새를 훔쳐보면서 만들면 좋을 것이다.

흙덩이를 호떡 세 개쯤 겹쳐 놓은 두께로 잘라 우리에게 주며 아저씨가 한마디 한다.

"흙으로 악기를 빚는 일은 배워서 되는 일이 아니야."

그럼 배우지 않고도 만들 수 있다는 말인가? 나는 눈을 동그랗게 뜨고 지현 언니를 본다. 언니는 아저씨 말을 알아들었는지 저 혼자 고개를 끄덕거리며 듣고 있다. 우연도 눈을 왕방울만 하게 뜨고 나를 쳐다본다. 뭔 소린지 도통 모르는 눈치다. 풀잎은 아직도 실실거리며 웃고 있다. 그동안 못 웃은 웃음을 다 웃겠다는 듯이.

"흙은 주무르는 사람 마음의 모양대로 빚어지거든. 지현이 넌 무슨 말인지 알겠지?"

우연과 나, 풀잎은 약속이나 한 듯 동시에 지현 언니를 본다.

"네. 흙을 빚는 일은 제 마음을 빚는 일과 같아요."

언니가 대뜸 대답하며 떼어 준 흙을 롤러로 밀고 있다. 아, 그런가. 나도 빨리 내 마음을 빚어 봐야겠다. 내 마음은 어떤 모양을 하고 있을까. 병든 새끼 거위 모습일까, 아니면 당장이라도 날아오를 것 같은 기상이 느껴지는 씩씩한 거위 모습일까. 나는 부지런히 흙덩이를 민다. 꼭 칼국수 반죽 미는 것 같다.

그렇게 시간은 흐르고 흘러……. 드디어 작은 거위가 완성되었다. 아저씨와 지현 언니의 작은 거위는 선반 위에 가지런히 놓인 것과 같은데, 내가 만든 것은 말라비틀어진 닭다리 같다. 윽. 이게 내 마음이란 말인가.

우연은 세상에서 가장 달콤한 감자를 만든다더니 쪼그라든 감자를 만들어 놓았다. 저 볼품없는 게 또한 우연 마음이라니.

만드는 일은 뭐든 자신 있다던 풀잎은 자기만큼이나 울퉁불퉁 생긴 작은 거위를 만들었다. 그래도 우연과 내 것보다는 낫다.

"흙도 나이를 먹나요?"

난데없이 우연이 묻는다. 흙이 나이를 먹다니 바보 아냐?

"그럼. 흙의 나이는 지구의 역사지. 이 흙 속에는 공룡, 바퀴벌레, 지렁이, 그리고 우리 조상들의 삶과 죽음이 녹아 있지. 물론 개 오줌똥도 들어 있고."

아저씨 대답은 이화 너야말로 바보다라는 얘기나 마찬가지.

"윽, 개 오줌똥. 그래서 제가 만든 게 이렇게 개똥에 구멍 뽕뽕 뚫어 놓은 것처럼 됐나 봐요."

우연이 자기가 빚은 것을 실망스러운 눈초리로 살펴본다.

"그걸 보니 네 마음이 잔뜩 주눅 들어 있다는 걸 알겠구나. 이화 너도 움츠러들었기는 마찬가지야."

흙은 거짓말을 하지 않는다는 것, 처음으로 알았다.

"잔뜩 주눅 들고 움츠러들긴 이것도 마찬가지야. 속에 불덩이가 들어가 있어."

아저씨는 풀잎의 작품을 이리저리 돌려 보며 말한다.

"이 불덩이를 사그라프려야만 가슴을 쭉 펼 수 있겠는걸."

풀잎은 아무 말도 하지 않은 채 아저씨 말에 귀를 기울이고 있다.

"너한테는 숨겨진 이야기가 많구나. 다는 아니어도 좋아. 네가 하고 싶은 이야기를 맘껏 해 보려무나."

아저씨가 그윽한 눈빛으로 풀잎을 바라본다. 풀잎의 눈이 휘둥그레진다. 그건 우연과 나도 마찬가지다. 처음 보는 사람한테 이렇게 말해 줄 수도 있는 거구나. 아무도 아저씨처럼 말해 준 사람은 없었는데, 아저씨는 정말 특별한 사람이라는 생각이 든다.

점점 풀잎의 눈이 젖어 드는 걸 알 수 있다. 풀잎은 부모님과 사이가 안 좋아졌다는 이야기와 친구는 동아리 친구가 다라는 이야기. 직장을 잃었다는 등등의 이야기를 늘어놓는다.

풀잎의 딱한 사정을 알게 된 아저씨는 풀잎에게 다시 직장을 구할 때까지 공방에서 일하지 않겠냐고 묻는다.

"정말이에요? 정말요?"

풀잎이 달뜬 목소리로 묻고 또 묻는다.

"암, 정말이지. 마침 공방 일 거들 손이 필요하던 참이었어."

아저씨 말에 풀잎은 머리가 땅에 닿을 정도로 넙죽 인사를 한다.

"열심히 하겠습니다."

풀잎 목소리가 젖어 있다. 젖은 그 목소리가 하나도 슬프게 들리지는 않는다. 이제야 있을 곳을 찾았다는 안도감이 감긴 목소리니까.

이제부터 나는 행운이라는 것을 믿기로 한다. 우연과 내가 공방 작은 거위를 만난 게 행운이듯이, 풀잎이 작은 거위를 만난 것도 행운이니까. 그리고 언젠가 우리도 제대로 흙을 빚을 수 있으리라는 것도 믿는다.

우연이 사라졌다

멤버들 몇이 S시에 갔다. 물론 우연도 한달음에 달려갔다. 우연이 S시로 가기 전에 내게 다시 한 번 말했다. 같이 가자고. 나는 이번에도 역시 단번에 거절했다. 퀴어축제라는 게 절실하게 다가오지 않았다.

뜨개질하며 느긋하게 시간을 죽인다. 시간이 지날수록 웬일인지 마음이 편치 않다. 잘들 하고 있을지 걱정도 되고, 사람들은 많이 모였는지 궁금하고, 그들의 외침을 외면하는 것 같아 미안하기도 하다.

나는 뒤늦게 S시행 버스에 몸을 실었다.

내가 찾아간 곳 여기저기 무지개가 만개했다. 커다란 무지개 천을 들고 행진하는 무리. 무지개 스카프를 두른 무리, 얼굴을 무지개색으로 칠한 무리. 무지개 부채를 든 무리. 무지개 마스크를 쓴 무리가 여기저기서 눈에 띈다. 어디나 가을 햇살이 반짝거리고 있다.

퀴어들보다 이를 저지하려 교회에서 나온 사람들이 더 많다. 그들은 퀴어들이 더 넓은 세상으로 나가지 못하게 하려는 듯 바리케이드를 자처하고 있다. 그들은 반대편에 있는 저들의 아픔을 얼마나 알고 있을까. 아빠한테서 죽으라는 소리를 듣고, 아빠를 향해, 아니 세상을 향해 끝까지 기죽지 않겠다고 절규해대는 우연의 외로움을 알까. 괴롭힘을 당하고 진학을 포기한 풀잎의 고충을 알까. 스스로 손목을 그을 수밖에 없었던 나무의 두려움과 절망을 단 한 번이라도 생각해 본 적이 있을까.

저들은 지나친 것을 원하고 있는 것이 아니다. 그저 다른 사람들이 누리고 사는 것을 원할 뿐이다.

무지개를 피워 올리는 퀴어들을 보고 있자니, 가슴 속에서 뜨거운 무엇이 목구멍을 타고 올라오는 것만 같다. 무엇일까? 이 뜨거운 것은.

S시를 다녀온 뒤로 한동안 내 마음에서 무지개가 일렁거렸다.

가을의 햇살이 멍석을 깔아 놓은 듯 교실 한편에 곱게 깔렸다. 창가의 몇몇 아이들은 햇살을 덮고 책상에 엎어져 자고, 몇몇 아이들은 둘러앉아 쥐를 잡자 놀이를 하고 있다. 공부 좀 한다는 아이들은 시험 때나 다름없이 공부에 열심이다.

혜리 패거리는 한창 총각 샘에 대한 유언비어를 주고받으며 낄낄대는 중이다. 혜리와 화장실 갈 때도 붙어 다니는 미나가 총각 샘인 사회가 자기 이상형이라며 빨갛게 달궈진 핸드폰을 둘러 있는 패거리에게 보여 준다. 눈독 들이지 말라고 엄포를 놓기도 한다. 열 번 찍어 안 넘어갈 나무 없다나 뭐라나. 백 번을 찍어 봐라. 나는 피식 웃으며 다시 읽던 책에 머리를 처박았다. 다시 책을 읽으려는데 속닥거리는 혜리 패거리 말소리가 들려온다. 멸치라는 소리에 내 귀가 바짝 곤두선다.

"니네 진짜 사겨?"

"헐, 멸치랑?"

"자 봐 내 핸드폰. 이래도 못 믿겠어?"

"대박. 어디까지 진도 나갔어?"

"손잡았어?"

"키스했어?"

채은이 맘 추스르기도 전에 저런 말이 흘러나오게 하다니, 이 나쁜 놈. 참을 수 없다.

"야, 곽민철."

나는 화가 잔뜩 나서 멸치를 소리쳐 부른다. 내 목소리가 이렇게 클 줄은 몰랐다. 완전 천둥 번개다. 아이들이 일제히 나를 돌아본다. 나는 금방이라도 눈알이 툭 튀어나올 것 같은 멸치 얼굴을 향해 '뼈큐'를 날린다.

"뭐냐?"

일시에 소란스러워진다. 영문도 모르면서 우연도 멸치에게 뼈큐를 날린다. 무슨 일인지 모르면서도 무조건 나를 응원하는 우연이 고맙다. 여태 엎어져 있던 채은도 어느새 일어나 뻐큐를 날린다. 우연은 그렇다 쳐도 채은이 이럴 줄은 몰랐다. 이때까지 불편했던 맘이 스르르 풀린다. 그래 채은아, 힘내. 저런 애 니가 먼저 차 버렸어야 했어. 내가 웃자, 채은이 나를 보고 환하게 웃는다.

수업 시작을 알리는 차임벨이 울리자, 소란스럽던 교실도 차츰 조용해진다. 담임이 시험지를 잔뜩 들고 들어온다.

햇살 좋고, 바람 산들거리는 이 좋은 가을날 시험이라니! 담임은 역시 뭘 모른다. 쪽지시험이기는 해도 예고 없이 보는 시험이라 다들 입이 한 자는 나와 있다.

모르는 문제가 많지만, 나는 다리를 쭉 뻗고 앉아 느긋하게 문제를 푼다. 담임이 내 시험지를 들여다보다가 실망스러운 표정으로 어깨를 으쓱하며 지나간다. 갑자기 창피한 생각이 일어나 얼굴이 달아오른다.

부끄러워서 그런지 문제가 머리에 들어오지 않는다. 계속 풀어 봐야 더 맞힐 것도 아니고, 에라 모르겠다. 나는 책상에 엎드린다.

채은이 담임 모르게 슬쩍슬쩍 자신의 시험지를 내 쪽으로 민다. 채은은 나보다 자기가 더 낫다고 생각하는 모양이다. 솔직히 더 나을 것도 없다. 짝꿍이나 나나 반에서 중간그룹에 속한다. 그러거나 말거나 나는 집게손가락으로 엑스 표시를 해서 호의를 거절한다. 잘하든 못하든, 어디까지나 내 실력으로 하자는 게 내 신조다.

쪽지시험을 망쳤다. 하기야 망친 적은 많지만, 이번엔 최악이다. 뭐, 상관없다. 공부가 당장 밥 먹여 주는 것도 아니고, 그저 꼴찌만 안 하면 된다. 어쩐지 꼴찌라는 꼬리표는 썩 내키지 않는다.

종례 시간에 담임이 우리 반 최하 점수가 58점이라고 한다. 아이들이 다시 한 번 자기들 시험지를 들여다본다. 내 시험지 맨 위에 58이라는 숫자가 떡하니 쓰여 있다.

"오늘 시험으로 수행평가 대신한다."

으, 컨닝이라도 할 걸 그랬다.

종례가 끝나고 담임의 호출을 받았다. 수행평가 점수 때문일 것이다. 나 죽었소, 하고 쥐 죽은 듯이 있어야겠다고 단단히 마음먹는다. 담임은 수행평가 얘기는 할 생각을 안 하고 다른 말만 한다.

"레즈비언라는 소문 있던데."

뜨끔. '저도 잘 몰라요.'라고 할 수는 없어서 시침 뚝 떼고.

"헛소문이에요."

단번에 말했다. 내가 이렇게 재빠르게 말한 적이 있던가.

"그래도 조심해."

담임이 조심스레 말한다.

"네?"

"우연이랑 손잡고 다니는 거 샘도 가끔 봤어."

진심 걱정 어린 눈빛이다.

"아, 네……."

절로 고개가 숙여진다.

"죄지었어? 고개 들어. 그땐 친구가 너무 좋아서 헷갈리기도 해."

그 남자의 말과 같은 말이다. 그럴 수도 있겠지.

"네."

"정체성을 찾아가는 과정일 수도 있고, 아니면 이미 찾은 건지도……."

담임이 말끝을 흐린다.

"아무렴 어때? 행복하면 되지. 안 그래?"

갑작스러운 물음이다. 어떻게 대답해야 할지 모른 채 나는 두 눈을 크게 뜨고 담임을 보고만 있다. 그러다 가까스로 정신을 수습한다.

"아, 네."

담임이 이제 됐다는 듯 교사 수첩을 펼친다. 몸이 절로 움츠러든다.

"수행평가 꼴등한 건 알고 있지?"

"네."

절로 숙여지려는 고개를 애써 빳빳이 세운다.

"1학기 때보다 형편없이 떨어졌어. 어떻게 할 거야?"

달리 도리가 없다.

"열심히 하겠습니다."

나는 최대한 공손하게 말한다. 내가 이렇게 공손해 본 적도 이제까지 없는 것 같다.

"좋아, 믿어 보지."

'휴우~.' 소리 안 나게 숨을 크게 쉬었다.

"가 봐."

수상한 연애담

연구실을 나오려는데 담임이 툭 던진다.

"우연이 오라고 해."

담임한테 갔다 온 우연의 표정이 사뭇 진지하다. 담임한테 무슨 말을 들었길래 저리 세상 다 산 사람 같은 표정을 지을까. 궁금하지만 말하기 전에 묻지 않으련다. 할 말이면 굳이 묻지 않아도 할 테니까.

아니, 잠깐! 그러고 보니 요 며칠 우연이 우울해 보였던 것 같다. 무슨 일 있나?

아니, 아니, 잠깐! 세상이여, 여기서 올 스톱!! 며칠 전 우연이 준영과 만나더라는 얘기를 채은을 통해 들었는데. 난 뭐 별일이냐고 신경도 안 쓰고 지나쳤는데. 왜 만난 거지? 이제야 궁금해지네. 설마 둘이 사귀기로 한 건 아니겠지? 지구가 바람 빠진 풍선처럼 쪼그라들었다가 다시 팽팽해진다 해도 그럴 리는 없다.

아무 일 없다는 듯 온 세상 가득 가을 햇살이 반짝거리며 춤을 추고 있다. 현란한 몸짓. 숱한 알갱이들이 사방으로 튀는 것 같다. 세상은 결코 올 스톱되지 않는다. 무슨 일이 있어도.

우연이 갑작스레 A시에서 사라졌다. 그 일은 누군가 우연 제거 단추라도 누른 듯 갑작스레, 또 감쪽같이 일어났다.

언젠가 우연은 내게 빚 때문에 서울이든 부산이든, 어디로든 야반도주해야 할 판이라고 말했다. 그렇다고 우연네가 순전히 빚 때문에 야반도주했다고 단정 지을 수는 없다.

"부모님은 내가 창피해서 여기서 못 살겠대."

우연이 S시를 다녀온 직후, 실의에 빠져 있던 날을 나는 기억한다. 무언의 폭력을 가하면서도 창피해하지 않으면서, 딸이 레즈라는 사실만 창피하게 여긴다는 게 잘 이해되지 않았다.

S시에 다녀오고 나서 우연은 속이 후련하다고 했다. 그나마 속 후련한 일을 하고 가서 다행이라면 다행이다.

우연은 떠나기 전에 갈고리 모양의 귀고리를 내게 주었다. 우연이 준 귀고리를 끼운다. 오른쪽 귀고리와 같이 보니 갈고리 귀고리가 축 처져 보인다. 이번에는 머리를 58분이 아니라 55분쯤으로 기울여야 길이를 맞출 수가 있다.

나는 머리를 58분으로 기울이고 다닌다. 내 몸의 중심은 머리가 아니라 귀 같다. 우연의 귀고리가 내 신체의 일부가 된 느낌이다.

나는 우연에게서 연락이 오기를 이제나저제나 기다린다. 연락이 오면 당장 우연을 만나러 가야겠다고 벼르고 있다. 우연이 서울에 있으면 청계천에도 같이 가 보고, 대학로의 로데오거리도 거닐 것이다.

고기를 양껏 먹을 수 있는 고기 뷔페도 가고, 소문난 카페에 가서 사진도 찍고, 우아하게 커피도 한잔할 것이다. 밀크 코코아가 아니라 에스프레소의 크레마가 황금빛으로 빛난다는 향이 짙은 원두커피를 마셔야지.

서울에서 제일 크다는 서점에도 가야겠다. 우연에게 우연과 눈이 닮은 외국 작가의 책을 한 권 사 줘야지. 최신 호 패션잡지도 한 권 사 줘야겠다. 우연이 다리를 뻗고 앉아 잡지를 볼 때 우연의 다리를 베고 누워 패션잡지의 표지 사진을 볼 것이다.

우연이 부산에 있다면 밤 기차를 타고 내려가리라. 우연과 갈매기 끼룩끼룩 나는 해운대도 가 보고, 철새 도래지로 유명한 을숙도도 가 봐야지. 자유롭게 나는 철새들을 보면서 자유를 만끽하고 싶다.

날이 갈수록 우연을 만나서 하고 싶은 일들이 늘어만 간다. 가로수가 늘어서 있는 오솔길도 함께 거닐고 싶다. 걷다 보면 아마도 그 길이 영원히 끝나지 않기를 바랄 것만 같다.

우연이 떠나고 나서 갖가지 풍문이 돌았다. 우연이 모델이 되기 위해 서울로 간 것이라는 둥, 우연네 공장이 폭삭 망했다는 둥, 엄마가 이혼하고 외국으로 튀었다는 둥. 우연이 진짜 레즈라서 퇴학 맞았다는 둥, 우연이 떠난 자리에서 무성하게 싹터서 돌고 도는 소문이 듣기 싫어 나는 아예 귀를 틀어막았다.

혼자 남은 내가 견뎌야 되는 시간은 암흑 속의 그것과도 같다. 외롭기 짝이 없다. 난 너 믿어, 식의 추파를 던지던 남학생 몇몇은 내 외로움을 한 방에 날려 주겠다는 듯이 적극적이다. 나도 레즈일 거라고 나름대로 확신하는 몇몇은, 세상에 없는 신비한 무언가를 보는 듯한 눈초리로 나를 본다. 한동안 그랬다.

시간이 지남에 따라 많은 열정적인 것들이 시들해지고 잦아들 듯이, 우연에 대한 풍문도 시들해지고, 나를 향한 아이들의 표면적인 관심도 수면 아래로 잦아들었다.

그렇다 해도 세상에는 시간이 지나도 시들지 않고 잦아들지 않는 게 있다. 대시해 오는 남학생들이 끊이지 않는 것처럼 우연에 대한 내 그리움도 멈추지 않는다. 이 짙은 그리움의 정체는 뭘까? 나는 끝없는 그리움을 풀어내듯 털실을 풀어 뜨개질을 했다.

뜨개질하고, 하고, 또 해도…… 우연에게서는 까맣게 연락이 없다. 정말로 무지개처럼 가뭇없이 사라져 버렸다. 비참하다. 내 기분은 사랑하다가 버림받음과 아직 우리의 사랑은 진행 중임 사이를 오락가락한다. 똑딱똑딱, 기분의 시계추는 어느 한쪽에 멈추지 않고 계속 움직인다. 그게 더 나를 비참하게 한다. 비가 억수로 쏟아져서 세상이 온통 휩쓸려 떠내려가면 좋을 것 같다.

내 기분이 비참해질수록 왠지 모르게 우연에 대한 그리움은 오히려 더 짙어진다. 이 무슨 이율배반이란 말인가? 내 몸이 내 의지에 의해서가 아니라 제멋대로 움직이는 것 같이 느낄 정도로 우연이 그립다. 어떨 때는 몸의 대부분이 사라지고 귀고리가 달린 귓불만 있는 것 같기도 하고, 팔다리가 사라지고 시계추로 변한 몸통만 남아서 움직이는 것 같다. 급기야 상실감에 시달린다.

우연은 새로운 환경에 적응하느라 눈코 뜰 새 없이 바쁘다. 조금 있으면 새로운 환경에 적응할 것이고, 그때가 되면 연락이 올 것이다. 어쩌면 나를 만나러 직접 올지 모른다. 이게 상실감 속에서 현실을 견디기 위해 내가 내린 결론이다.

내 결론이 무색하게도 우연에게서는 꿩 구워 먹은 소식이다. 우연이 살던 집으로 가 본다. 가 봐야 우연을 볼 수 있는 것도 아닌데 어쩐 일인지 내 발걸음은 그곳으로 향한다.

집은 괴괴하다. 문살로 마당을 두리두리 둘러본다. 현관으로 올라가는 계단 위에 검은 고양이가 누워 손등을 핥고 있다. 우연이 먹을 것을 주던 고양이인지는 잘 모르겠다.

고양이는 경계하는 눈빛으로 나를 보더니 꼬리를 바짝 치켜세운다. 어디선가 가냘픈 새끼 고양이 울음소리가 들린다. 가만히 들어 보니 그 소리는 마당 한구석 바윗돌 뒤에서 난다.

한 마리, 두 마리, 세 마리. 새끼 고양이들이 아장거리며 바윗돌 뒤에서 나와 어미 고양이에게로 간다. 도둑고양이가 우연이 떠나간 집에다 보금자리를 튼 모양이다.

우연 방 둥근 창문엔 커튼이 드리워져 있다. 우연이 떠나기 전부터, 아니 우리가 만나기 이전부터, 어쩌면 내가 태어나기 이전부터 빈집이었을 거라는 생각이 불현듯이 든다. 갑자기 진공 상태에서 숨을 쉬는 것만 같다. 나는 둥근 창문이 있는 집을 뒤에 두고 재빨리 그곳을 벗어난다.

내 귓불은 간지럽다 못해 곪아 간다. 자꾸 손댄 게 화근이다. 병원의 늙은 의사는 돌팔이에게 귀를 뚫어서 그렇다며 나를 나무란다. 그는 내 귓불을 치료하면서 병원의 위생과 현대적 장비에 대해 장황하게 늘어놓는다.

내가 보기에 병원은 그다지 위생적인 것 같지도, 장비가 현대적인 것 같지도 않다. 의사의 행동도 돌팔이인지 아닌지 의심이 갈 만큼 어수선하다. 핀셋으로 솜을 집으려다가 말고 이제 생각났다는 듯 약병 뚜껑을 열고 물약을 솜에다 떨어뜨린다.

그의 가운은 원래 흰색인지 미색인지 구분이 되지 않고, 지금 막 병실 칸막이 뒤에서 마지막 욕정을 불태우고 나온 것처럼 민망하게 구겨져 있다.

병원을 나와 둑길을 걷는다. 우연이 있을 때나 지금이나 변한 것은 아무것도 없다. 있다면 건설 중이던 아파트가 다 지어졌다는 것이다. 아파트 이름은 나리다. 그리고 그 대단지 아파트 중 어느 한 동이 한쪽으로 기울어졌다는 것은 안타까운 일이다. 무게 중심의 오차. 기울어진 아파트는 기울어진 채로 그 오차를 견뎌 내야만 한다. 뉘엿뉘엿 해가 기울고 있다.

가족이라는 이름의 뜨개질

우연이 없어도 나는 모임에 빠지지 않고 나갔다. 함께 모여 목도리를 뜨는 게 좋았다. 우연의 몫까지 목도리 두 개를 뜰 생각으로 누구보다 열심히 뜨개질했다. 뜨개질하면 할수록 손놀림이 제법 빨라졌다. 가끔은 보지 않고 뜰 수도 있었다. 뜨개질하는 동안 머리가 맑아지고 마음도 깨끗해져서 좋았다.

집에서도 틈만 나면 뜨개질을 했다. 낯모르는 아이들에게 기쁨을 선물할 수 있다는 사실, 그리고 이런저런 복잡한 생각을 지울 수 있다는 점이 나를 뜨개질에 열중하게 했다.

"우리 큰딸, 엄마 닮아 뜨개질도 잘하네."

소파에 앉아 뜨개질하고 있는데, 어느새 다가온 그 남자가 다정하게 말을 건넨다. 그 남자의 그 말을 듣는 순간, 머리를 한 대 세게 얻어맞은 충격이 나를 강타한다. 엄마 닮아 뜨개질을 잘한다고? 그 여자가 뜨개질을 잘했나? 그러네. 잘했네.

그러고 보니 내가 이제껏 아무 생각 없이 겨울마다 하고 다니던 목도리며 장갑이 그 여자가 뜬 것이었다! 이럴 수가. 어쩌자고 나는 그 여자가 떠 준 목도리며 장갑, 아니 비단 그것뿐인가. 스웨터에 카디건까지. 맙소사! 하나부터 열까지 내가 누리고 있는 모든 것이 그 여자에게 나온 것이다. 온전히 내 힘으로는 밥 한 끼 먹을 수도, 양말 한 짝 사신을 수도 없다.

그 남자도 그렇다. 그 남자가 벌어 오는 돈 아니면 당장 끼니를 굶어야 한다. 따뜻한 집에 머물 수도 없다. 학교도 다닐 수 없다. 그야말로 아무것도 할 수 없다.

그 사람들이 수고해서 제공하는 것을 누릴 거면, 적어도 그 사람들을 미워하지는 말았어야 하는 거 아닌가? 미워할 거면, 누리지 말았어야 하는 거 아닌가? 이게 내가 이때껏 생각해 온 자존심 아니던가. 적어도 친구들 관계에서는 이런 자존심을 지켜 왔는데, 왜 그 사람들과의 관계에서는 내 자존심을 지키지 않았던 걸까? 가족이라서?

뜨개질하던 내 손이 사시나무 떨리듯 떨린다. 몸에서 힘이 쭉 빠져나가 더 이상 뜨개질을 할 수가 없다. 나는 생각에 사로잡혀 멍하니 앉아만 있다.

이제 더 이상 그 어떤 반항도 무의미하다는 생각. 내가 아무리 반항

해도 지난 행복했던 순간으로 돌아가지 못한다는 생각. 그 어떤 반항도 부끄럽기 짝이 없다는 생각. 그 남자와 그 여자가 내 부모라는 생각. 이 사람들이야말로 나를 지탱해 주는 가족이라는 생각. 그 여자와 그 남자는 서로 합심해서 가족이라는 이름의 뜨개질을 정말로, 진짜로, 대단히, 아주 열심히 뜨고 있는 것 아닌가 하는 생각.

나는 내 생각을 그 남자에게 들킬까 봐 그 남자를 외면하고 부랴부랴 방으로 튄다.

뜨개질 때문일까? 아니면 그 남자의 그 한마디가 가져온 파장 때문일까. 날이 갈수록 내 속에 도사리고 있던 뾰족뾰족 가시 돋친 고슴도치 한 마리가 슬그머니 자취를 감추고 있는 게 느껴진다.

나는 틈틈이 집안일을 돕는다. 집안일을 도우면서 그 여자에 대한 반감이 슬몃슬몃 도망치는 것을 불편하게 감지한다. 도울 일이 없을 때는 하지 않아도 되는 대청소를 하기도 한다. 없는 솜씨 있는 솜씨 다 발휘해서 김치찌개도 만들고, 떡볶이도 만들고, 계란간장밥도 만들어 그 사람들에게 제공한다.

집안일을 돕다 보면 어느새 그 여자가 날 가사도우미 부리듯 한다. 그런데도 예전과 달리 별다른 반항심이 들지 않는다.

리리는 나를 부려 먹는 그 여자의 태도에 힘입어 툭하면 내게 간식을 만들어 달라고 떼쓴다. 배 속에 거지가 들어가 있는지 시도 때도 없다. 그래도 그다지 밉지 않다.

리리는 내가 만들어 준 간식을 맛나게 먹고, 이번에는 뜨개질을 가르쳐 달라고 조른다. 나는 리리에게 뜨개질을 가르쳐 준다. 대바늘 쥐는 방법, 코를 만드는 방법, 느슨하게 뜨는 방법까지 자세하게 가르쳐 준다. 리리는 내가 가르쳐 주는 대로 잘 따라 한다. 잘 따라 하길래 기특하다고 생각했는데 아뿔싸, 몇 줄 뜨다 팽개치더니 유쾌하게 유행가를 불러 댄다.

Cos ah ah
I'm in the stars tonight
so watch me bring the fire
and set the night alight……

영예의 빌보드차트 1위를 차지한 가장 핫한 〈다이너마이트〉까지 모르는 노래가 없다.

리리가 노래를 부를 때면 그 여자와 그 남자는 마치 방탄소년단 공연이라도 보는 듯 황홀해한다. 나는 그저 저 어린애가 영어를 어찌 저리 잘하나 기특할 뿐이다. 아니 솔직히 부럽기도 하다.

좀 느려도 내 발로 걷겠어
이 길이 분명 나의 길이니까
돌아가도 언젠가 닿을 테니까……

아미인 리리는 가장 존경해 마지않는 방탄소년단의 노래를 몇 곡 부르고 나서 가수가 되겠다고 폭탄선언을 한다. 땀에 젖어 숨을 헐떡이면서도 진지한 얼굴로.

그 여자와 그 남자는 리리의 꿈에 한껏 희망을 걸 뿐, 내겐 꿈이 뭔지 물어보지도 않는다. 그렇다고 내가 섭섭해서 이러는 건 아니다. 그냥 '네 꿈이 뭐니?' 하고 한 번쯤 물어보면 어디가 덧나나 하는 거다.

어느 날부터인가 리리가 팽개친 뜨개질을 그 여자가 하고 있다. 이따금 나는 그 여자 옆에 앉아 뜨개질하는 나를 발견하고는 까무러치게 놀라곤 한다.

나는 요즘 그 여자에게, 그 남자에게, 그리고 리리에게 부끄럽기도 하고 미안하기도 하다. 그래서 그 사람들의 얼굴을 똑바로 바라볼 수가 없다. 자주 얼굴이 빨개진다.

"술 마셨니?"

그 여자의 염장 지르는 농담. 내가 자기 닮아 술 냄새만 맡아도 취한다고 할 때는 언제고.

"이화 덥나 본데, 보일러 좀 내려야겠네."

그 남자의 지나친 배려.

"언니 야한 거 봤지?"

리리의 어처구니없는 상상까지. 그 사람들은 내 부끄러운 마음을 전혀, 절대, 네버 눈치채지 못하고 있다. 다행이다.

종일 눈비가 내렸다. 겨울 한복판. 이 겨울이 다 가기 전에 나는 한 살을 더 먹게 된다. 열아홉 살. 맙소사, 열아홉이라니! 아무것도 한 게 없는데. 아무 의미 없게 된 반항만 했는데. 꿈이 뭔지도 모르는데. 내가 어떤 앤지도 모르겠는데, 덜컥 고3이 되면 어쩌란 말인가. 나는 눈비를 고스란히 맞으며 배회했다.

그리고 밤부터 열이 펄펄 끓기 시작했고, 사경을 헤맸다. 기절하듯 자다 깨기를 몇 번이나 반복했는지 모른다. 그러는 사이 나는 분명하게 보았다. 나라는 사람, 내가 외면하고 싶었던 나.

이제 더 이상 나를 외면하면 안 될 것 같았다. 내가 나를 인정하지 못하면 아무도 나를 인정해 주지 않을 것이었다. 기꺼이 나를 인정하고 꼭 안아 주자.

까무러쳤다가 정신이 들 때마다 그 여자가 보였다. 내가 깨어나지 않으면 어쩌나 애태웠을 그 여자. 내가 깨어나면 겨우 한숨 돌리며 한없이 감사하는 그 여자. 그 여자의 얼굴을 볼 때마다 나는 느낄 수 있었다. 엄마라는 사람의 무력함과 엄마라는 존재의 포근함을.

컴퓨터 게임에나 빠져 있고, 온라인쇼핑이나 즐기는 그 여자가, 동성연애는 개나 소나 다 하는 줄 아냐고 무시했던 그 여자가, 내 행복에는 털끝만큼도 관심 없는 줄 알았던 그 여자가 실은 내 엄마였다.

내가 아프면 더 아프고, 나를 잃을까 봐 몇 날 며칠을 꼬박 새우며 안절부절못하고, 내가 깨어난 것에 안도하고 한없이 감사하는 엄마. 그랬다. 누구보다도 나를 아끼는 사람은 그 여자가 아니라 엄마였다.

운명이라도 건 듯 나를 지키기 위해 애면글면 애쓸 수 있는 사람은 그 여자가 아니라 바로 엄마였다. 얼마 만에 불러 보는 이름이던가.

엄마, 사실은 나 이런 애야. 이런 앤데 괜찮아? 괜찮지? 나는 눈으로 엄마에게 물었다. 엄마는 뭐든 다 괜찮다는 듯 지극정성으로 날 간호해 주었다.

그 남자는 어떠했던가! 엄마가 나를 간호하다 잠들면 그 남자가 대신 나를 지켰다. 잠든 엄마에게 이불을 덮어 주고, 엄마 대신 내 이마에 물수건을 대 주고, 몇 차례씩이나 내 이마를 짚어 보며 열 체크를 했다. 그런가 하면, 내가 좋아하는 해물죽을 사다가 먹여 주기도 했다.

"죄송해요."

죽을 먹다 말고 그만 울어 버렸다.

"죄송하다니. 무슨 그런 말을 해."

그 남자가 내 등을 쓰다듬는다.

"다 괜찮아. 그러니 아무 생각 말고 식기 전에 어서 먹어."

그랬다. 그 남자는 언제나 너그럽고 속 깊은 사람이었다. 리리뿐만 아니라 엄마한테도, 그리고 나한테조차도.

내가 다 낫자마자 엄마는 몸살감기로 앓아누웠다. 엄마에게 죽을 떠먹이고, 이마에 물수건을 얹어 주며 나는 내가 어쩌면 간호에 소질 있을지도 모른다는 생각을 한다.

"앗, 뜨거워. 차갑게 해야지, 이것아."

간호사는 아무나 되는 게 아니다.

"톡이 잘 안 된단 말이야. 문자도 잘 안 들어온다고."

또 시작이다. 철없는 리리. 엄마가 아파 죽을 판인데 기껏 한다는 게 핸드폰 타령이라니.

"이 철딱서니 없는 것아. 요즘 아빠 일이 잘 안된단 말이야."

엄마는 리리 말에 찬물을 쫙 끼얹는다.

"다른 애들 다 단톡 들어가는데 나만 못 들어간단 말이야. 공짜폰이라도 사 줘."

세상에 공짜는 없다. 다 꿍꿍이속이 있다는 걸 머리에 피도 안 마른 애들은 모른다.

"머리에 피도 안 마른 게 톡 좀 안 하면 어떠냐?"

엄마를 거들려고 한마디 하자, 리리가 발끈한다.

"나 왕따 당하면 언니가 책임질래?"

리리가 부루퉁한 얼굴로 나를 째려본다. 나는 대번에 도리질한다. 내가 미쳤냐?

"아빠아. 내 폰 사랑값도 고장 났어. 내 친구 진희는 엄마가 최신폰 사 줬는데, 사랑값이 장난 아니야. 7단계나 된다고."

이번엔 응원군이 필요한지 코맹맹이 소리로 아빠에게 착 달라붙는다. 우리 반 애들도 7단계 사랑값의 핸드폰 있는 애들이 많다. 검정-미움, 분노. 회색-무관심. 보라-슬픔, 아픔. 분홍-우정, 우애. 하양-용서, 화해. 노랑-즐거움, 기쁨. **빨강-최애**(죽고 못 사는 연애나 각별한 가족애). 요즘 어쩌면 이반, 연예인, 이런 것보다 훨씬 쫄깃한 관심거리가 7단계 사랑

수상한 연애담

값일 것이다.

"언니 폰이 훨씬 오래됐어. 언니 먼저 바꿔 주고 바꿔 줄게"

그 남자가 결정타를 날린다. 리리는 말문이 막히는지 잠시 아무런 말도 못 한다. 그러고는 신경질적으로 방으로 들어가 버린다.

"이화야말로 핸드폰 낡아서 불편하지?"

그 남자가 엄마 이마를 짚어 보며 살갑게 물어 온다.

"네? 아, 전 괜찮아요."

급하게 물을 삼키고 대답하느라 물이 뭉텅이로 넘어가 목이 아프다.

"이번 고비만 넘기면 바꿔 줄게. 친구도 좀 많이 사귀고 그래. 가끔 아빠 사무실에도 오고."

자세히 보니 그 남자의 눈매가 곱다. 머리숱만 좀 많으면 그런대로 괜찮아 보일 것 같다. 나도 이제 알바를 시작해야 할 것 같다. 고비라는데 내 용돈 정도는 내 힘으로 벌어서 써야 하지 않을까.

엄마가 이마에 얹힌 물수건을 걷어 내고 일어났다. 그 남자가 말렸지만, 이제 괜찮다며 저녁준비를 서두른다. 나는 슬쩍 엄마 옆으로 가서 무심한 척 말한다.

"엄마, 아빠 두피마사지 쿠폰 끊어 줘. 요 앞 미용실에서 두피마사지 받으면 머리숱 많아진대."

"그럼 나보다 젊어 보일까?"

엄마가 솔깃한 눈으로 바라본다.

"그렇겠지."

내가 직접 받아 본 게 아니라서 장담할 수는 없지만, 어떤 아저씨한
테 늘어놓던 미용사 말대로라면 그렇다.

"그럼 싫어."

엄마는 조금도 망설이지 않고 딱 잘라 거절한다. '피.' 나는 팽 돌아
선다. 아, 잠깐. 근데 오늘 저녁은 뭐지?

"엄마, 뭐해?"

"뭐하긴, 너 좋아하는 김치토마토파스타하지."

아싸! 오랜만에 먹어 보는 엄마표 별미다.

저녁상이 차려지자마자 옹기종기 식탁에 둘러앉는다. 나는 파스타
를 먹으면서 슬며시 핸드폰 쥔 왼손을 식탁 위에 올려놓는다. 빨갛게
물든 폰을 움켜쥔 손을.

열아홉 살 성이화

푸지게 눈이 내린다. 리리는 아침 댓바람부터 눈싸움을 하겠다고 밖에 나가 들어올 줄 모른다. 방학 내내 살판났다고 해낙낙하며 돌아다니는 리리다. 땅거미 질 무렵 밥이나 먹으러 들어올 게 뻔하다. 밥은 한 끼도 거르지 않고 꼭꼭 찾아 먹는 밥 귀신이다.

"눈 한 번 푸짐하게 내리네. 옆집 개새끼 파묻혀 죽어도 모르겠어."

엄마가 하는 말이 늘 이렇다. 고상한 맛이라고는 귀를 씻고 들어도 없다.

"눈이 저렇게 아름답게 오는데 고작 한다는 게 옆집 개새끼 파묻혀 죽어도 모르겠다는 말이야?"

나는 한심하다는 듯 혀를 끌끌 찬다.

"그러는 넌 유식이 똥물 튀기듯 통통 튀겨서 고작 흔해 빠진 아름답다는 말이야?"

"엄마보단 낫잖아."

"그래, 니 똥 굵다. 아름답기는 개뿔이 아름다워. 눈 때문에 여기저기서 사고가 터질 테고, 치우자면 똥줄깨나 빠지게 생겼는데."

"아무리 그래도 그렇지, 다 오기도 전에 치울 걱정부터 해?"

"그래? 그럼 걱정 안 할 테니 저 눈 네가 다 치워. 난 책이나 봐야겠다."

엄마가 혀를 쏙 내밀고 소파에 널려 있는 잡동사니들을 치우고 눕는다. 나는 말 한마디 잘못해서 천 냥 빚만 떠안았다.

맙소사! 엄마가 읽는 책은 내가 보고 숨겨 둔 동성연애소설이다! 책을 빼앗으려 재빨리 엄마에게 달려들었다.

"재밌는데 왜?"

엄마 말에 몸이 굳어 버린다. 재밌다니. 내가 이런 소설 읽는 걸 알면 길길이 난리 칠 줄 알았다.

"뭐해? 눈 안 쓸고?"

"어? 아냐, 아무것도."

나는 주섬주섬 외투를 걸치고 현관문을 연다. 그러고는 후다닥 튄다. 대문을 나오는데 뒤에서 카랑카랑한 목소리가 뒤통수를 후려친다.

"눈 안 쓸고 어딜 가?"

이크.

"데이트."

거짓말. 내가 데이트할 상대가 어디 있다고. 내가 알바하러 가는 줄 엄마는 꿈에도 모를 거다. 첫 월급 받으면 그때 말해 줘야지. 얼마 전부터 나는 편의점 알바를 시작했다. 시작하기 전부터 알바비 받으면 쓸 곳을 조목조목 메모해 놨다. 우선 아빠 마사지 쿠폰을 끊어 드릴 것이다. 그런 다음 리리 핸드폰을 바꿀 것이다. 그다음엔 엄마 단화. 아무리 봐도 엄마 단화가 너무 낡았다. 그리고 마지막으로 내 핸드폰. 이 많을 걸 다 해결하려면 몇 달을 일해야 하나. 까마득하긴 해도 괜찮다. 나도 이제 다 컸고, 아빠 사업도 어렵다니 형편이 필 때까지는 해야만 한다. 할 수 있다.

"남자랑 데이트해라."

윽, 정말 못 말릴 엄마다. 불에 덴 듯 달려 골목을 도는데 느닷없이 눈 뭉치가 눈을 강타한다. 윽, 나는 눈을 싸쥐고 주저앉는다.

"언니, 괜찮아?"

리리가 팔을 잡고 묻는다.

"니 눈엔 괜찮아 보여?"

나는 한쪽 눈을 가린 채 다른 한쪽 눈을 잔뜩 찡그린다.

"야, 우리 언니한테 던지면 어떡해?"

리리가 친구에게 악을 쓴다. 순해 보이는 여자아이는 내게 사과도 제대로 못 하고 울상이 되어 서 있다.

"우리 언니 눈탱이가 밤탱이가 됐잖아."

"너 우리 언니가 얼마나 센지 알아? 이제 넌 죽었어."

리리는 말끝마다 우리 언니, 우리 언니, 하며 잰다. 이렇게 잴 만큼 언니 노릇 한 번 제대로 했나. 어쩐지 쑥스럽다.

"괜찮아. 눈싸움하다 보면 다 그렇지. 뭐."

나는 아픈 걸 참고 아이들을 달랜다. 울상이던 아이가 언제 그랬냐는 듯 해맑게 웃는다.

"언니, 근데 어디 가?"

리리가 갑자기 생각났다는 듯 얼굴을 들이밀며 묻는다.

"넌 알 거 없어."

나는 리리의 말을 무시하고 지나친다.

"이거나 먹어라."

'퍽.' 뒤통수에 제법 강한 속공이 꽂힌다. 윽, 리리 너 죽었어. 돌아보는데 꼬맹이들이 호기심 어린 눈을 빛내며 쳐다보고 있다. 입에서 젖내 나는 꼬맹이들 앞에서 동생을 두드려 팰 수는 없는 노릇이다. 그냥 돌아선다.

"와!"

아이들이 던진 눈이 한꺼번에 내 등을 두드려 댄다. 나는 걸음아 날 살려라, 내달린다. 골목을 벗어나 큰길에 다다라서야 달리던 걸 멈추고 천천히 걷는다. 졸지에 눈 뒤집어쓴 개꼴이 될 뻔했다. 물불 못 가리는 꼬맹이들한테는 절대로 만만하게 보여서는 안 된다.

편의점 가는 길이 푹푹 빠진다. 방학 동안 많은 일이 있었다. 크리스마스 날 우리는 보육원에 목도리를 전달했다. 모두 우르르 몰려가는 건 좋지 않은 것 같아 세잔느와 미소, 둘이 갖고 갔다. 나는 세 개나 보냈다. 온전히 내가 뜬 거 하나, 엄마랑 같이 뜬 거 하나, 그리고 엄마가 뜬 거 하나. 엄마는 아직도 뜨고 있다. 리리와 내 거를 새로 뜬다고 했다. 무늬까지 넣어 가면서. 그리고 아빠 스웨터까지 뜰 거라고.

세잔느는 원하던 미대에 붙었고, 미소는 수도권대학 산업미술과에 합격했다. 수련은 부모님의 바람대로 국가고시만 합격하면 취직은 떼어 놓은 당상이라는 물리치료과에 합격했다. 나리는 다니던 병원을 그만두고 바로 새로운 병원으로 자리를 옮겼다. 듣던 대로 간호사는 오늘 그만둬도 내일 취직된다는 게 사실인 모양이다.

어느 날 준영이 성적표를 들고 날 찾아왔다. 준영의 성적은 놀랍게도 껑충 뛰었다.

"성이화, 이 정도면 돼?"

준영의 말에 나는 염치없지만 뻔뻔하게 말했다.

"아직 멀었어."

준영은 실망하지 않았다. 실망하기는커녕 열심히 공부해야 할 새로운 동력이라도 얻은 듯 야심 찬 얼굴이었다. 준영은 생각보다 공부가 재미있다고 했다. 학교 공부가 재미있을 수도 있구나. 나도 해 봐?

"성이화, 너 참 좋은 친구 됐더라."

준영이 성적표를 주머니에 넣으며 내게 말했을 때, 나는 무슨 말인지 전혀 알아채지 못했다.

"우연이 말이야. 걔가 날 찾아와서 그러더라. 널 잘 부탁한다고."

뜬금없이 무슨 말인가 싶어 나는 벙벙한 얼굴로 준영을 쳐다볼 뿐이었다. 그러다가 순간 스치고 지나가는 장면이 있었으니 그것은, 채은이 보았다는 우연과 준영이 만나는 바로 그 장면.

"내가 너랑 사귀든 안 사귀든 상관 말고 그냥 너한테 잘해 주라더라. 널 보호해 주래."

우연이 준영한테 날? 왜?

"우리가 사귀면 다른 애들 다 그렇듯이 얼마 못 가지 않냐고. 그러니 걍 친구로 오래가는 게 좋지 않겠냐고. 자기는 곧 떠나게 될 거라면서. 그러더니 진짜 떠나 버렸네."

우연이 떠나기 전에 준영을 만나 날 부탁까지 했다니. 새삼 그 마음이 느껴져 가슴이 저리다. 그렇지만 난 이제 열아홉이나 먹은 어엿한 숙녀다. 나는 그 누구도 아닌 나. 바로 나한테 부탁하면 되는 것이다. 나야말로 나를 진지하게 고민하게 하고, 나를 나답게 할 것이다.

나는 천천히 눈길을 걸으며 이런저런 생각에 잠긴다. 요즘 부쩍 생각이 많아진 것 같다. 열아홉이라는 숫자는 그야말로 커다란 무게로 내게 다가왔다.

우연과 함께했던 열여덟 살은 겁 없이 고속도로의 갓길을 과속으로 달리던 시절이었다. 그리고 그 시절은 갓길이 끝날 수도 있다는 의심을 단 한 번도 품어 보지 않은 시절이기도 했다.

영원히 끝나지 않을 것 같던 갓길은 어느 한순간에 끝나 버렸다. 갓길에서 추락하지 않으려면 핸들을 꺾어 본 차선에 끼어들어야 한다. 그러나 그러고 싶지 않다. 그러기에는 본 차선이 갑갑하게 생각되고, 내가 갓길에 지나치게 익숙해져 있다.

이제 나는 누구를 미워하는 일도, 누구를 사랑하는 일도, 또 누구를 그리워하는 일도 조금은 느리게 할 것이다. 어느 날 미항공우주국이 비틀즈의 노래 〈어크로스 더 유니버스〉를 북극성을 향해 쏘아 올렸고, 그 노래가 지금 빛의 속도로 날아가고 있다고 해도, 나는 안단테 템포로 살고 싶다.

허리를 구부리고 걷는다. 자연히 고개가 숙여진다. 그럴 리야 없겠지만 어쩐지 내 심장소리가 더 잘 들리는 것만 같다. 두근두근……. 인생은 어느 순간에나 설렌다고, 알 수 없는 미래는 그러기에 더욱더 설렌다고, 내 심장이 말하는 것만 같다.

어느새 함박눈이 진눈깨비로 바뀌었다. 진눈깨비가 날리는 모습은 수많은 나비가 훨훨 나는 모습으로 보인다. 끊임없이 자유를 갈망하던 빠삐용, 앙리 샤리에르. 그가 자유를 얻기 위해 그의 가슴에 새겨진 나비처럼 훨훨 바다에 몸을 던지는 모습이 허공을 메우고 있는 진눈깨비와 겹쳐진다. 귓가에는 자유를 찾은 그가 몽마르트르 언덕에서 한 말이 들려온다.

"너는 자유롭고 사랑받을 네 미래의 주인으로 여기에 있다."

진정 나는 자유롭고 사랑받을 내 미래의 주인으로 여기에 있는가? 설렌다.

진눈깨비 섞인 찬바람이 얼굴을 할퀸다. 바람아, 내 인생에도 사랑은 다시 올까? 숨을 깊게 들이쉰다. 바람이 세포 하나하나를 건드리며 온몸으로 퍼져 나가는 느낌이 든다. 서늘하다.

둑길 옆에 듬성듬성 나 있는 풀 위로 눈이 쌓여 있다. 정확히 4.5도가 기울어졌다는 개나리인지 미나리인지 아파트 지붕에도 함박눈이 쌓여 있다. 아파트가 4.5도 기운 건 불행 중 다행이다. 사람들은 기운 각도가 5도 이상이면 안전에 심각한 문제가 발생한다고 수군댔다.

아파트 단지 상가에 내가 일하는 편의점이 있다. 알바는 할 만하다. 사장님도 까다롭지 않고 좋은 분인 것 같다. 손님들도 그다지 신경질적이지 않다. 초스피드로 움직이지 않아도 된다. 다만 어쩌다 도둑맞은 물건이 생길 때면 난감하다. 내가 잘 살피지 못해서 그런 일이 생긴 것이라서 어쩔 줄을 모르겠다.

사장님은 일일이 CCTV를 돌려 가며 범인을 찾아내어 일을 해결한다. 범인은 대개 청소년이다. 사장님은 바늘도둑이 소도둑 된다며 범인을 찾아 훈계하고 타이르고, 부모님을 만나 아이를 잘 부탁한다. 마치 자신이 부모라도 된 듯이.

나는 알바 없는 날이면 가끔 공방을 찾아간다. 그동안 자연스럽게 동아리 멤버들이 하나둘 공방으로 모여들었다. 공방 아저씨와 지현 언니는 색안경을 끼고 보지 않았다. 그러기는커녕 덤덤히 받아 줬다. 이들은 공방에서 낄낄거리고 깔깔거렸다.

공방 뒤뜰의 꽃밭 한쪽을 하얗게 메우던 으아리꽃이 지면서 씨방이

드러났다. 풀잎의 작은 거위 연주 실력은 하루가 다르게 발전하고 있다. 풀잎은 오로지 작은 거위를 위해 태어나 작은 거위를 위해 살다 죽을 사람 같다. 김 안 나는 숭늉이 더 뜨겁다더니 풀잎이 김 안 나는 숭늉이었다!

풀잎이 가마에 불을 지피고 있다. 지현 언니는 레슨 나가 아직 오지 않았고, 아저씨가 손톱으로 으아리 씨방을 톡톡 두드리고 있다. 으아리 꽃씨가 땅에 떨어져 겨울을 나고, 움이 돋고, 꽃이 피리라. 으아리꽃을 보는 순간 누구라도 너무도 예쁜 그 모습에 놀라 '으아!' 하며 소리칠까? 정말 그래서 이름이 으아리일까?

아저씨는 가끔 고개를 들어 풀잎을 바라본다. 가마 앞에 앉아 있는 풀잎이 커다란 바위처럼 보인다. 요즘 다른 공방에서는 편리한 가스 가마를 사용한다는데, 아저씨는 전통 가마를 고집한다. 아저씨 고집은 누구라도 꺾을 수가 없을 것이다.

"흙은 그저 흙 안에서 구워져야 제대로 태어나는 거야."

아저씨의 고집과 자부심은 하늘을 찌를 듯하다. 그 덕에 '작은 거위' 표가 반품 한 번 없이 품질을 인정받고는 있다. 그래도 어떨 때는 답답하기 그지없다. 가스 가마를 사용하면 작은 거위 생산량이 더 늘어날 텐데.

가마 앞에 쪼그려 앉아 있는 풀잎의 얼굴이 불빛에 밝아졌다, 어두워졌다 한다.

"아저씨, 장작을 더 넣을까요?"

풀잎이 난처한 얼굴로 아저씨를 돌아본다.

"그걸 왜 내게 물어? 눈 감고 들여다보면 될 것을. 여태 가마 속도 안 보일라고."

아저씨가 헛기침을 하며 자리를 뜬다. 눈 감고 보라니. 이제 풀잎이 수련생이 아닌 고수가 된 걸까.

아저씨 말과 달리 풀잎은 눈을 똑바로 뜨고 아궁이를 들여다본다.

"아저씨가 눈 감고 보랬잖아?"

툭 치자 풀잎이 수줍게 웃는다.

"난 아직 그렇게 못해."

풀잎이 장작을 서너 개 더 가마 속으로 밀어 넣고 활활 타고 있는 불꽃을 본다.

"꽃 같아. 활활 타는 게 꼭 활짝 피어나는 꽃 같아. 그래서 사람들이 불꽃이라고 하나 봐."

풀잎이 황홀한 눈빛으로 불꽃을 보고 있다. 그렇다. 꽃 같다. 이글이글 타오르는 꽃. 보고 있자니 얼굴이 홧홧해진다.

"아저씨는 마음을 빚는 일이 이렇게 가마에 장작불을 피우는 일이래. 어떨 때는 툇마루에 앉아 풀벌레 소리를 듣는 일이라고 하고, 또 어떨 때는 둔덕에서 반딧불이를 바라보는 일이래."

알 듯 하면서도 잘 모르겠다. 마음을 빚는 일.

"이 일…… 재밌어?"

"응, 운명을 걸고 싶을 만큼."

불빛 때문일까. 풀잎의 얼굴이 이글거리는 것 같다.

"그래서 운명을 걸 거야?"

"응."

운명을 걸지 않았다면 시 쓰는 일이 재미없었을 거라던 어느 시인의 말이 떠오른다.

운명을 걸고 자신의 정열을 작은 거위에 쏟아붓고 있는 풀잎은 언젠가 훌륭한 작은 거위 연주자로 변신할 테지. 그때 나도 풀잎처럼 화려하게 변신할 수 있을까. 자신이 없다. 드나드는 개가 꿩을 문다고 했는데, 공방 문지방이 닳도록 드나들었지만 나는 여태 닭도 못 물었다.

"언니만 잘되면 되냐? 존나 의리 없어 진짜."

나는 풀잎의 등을 탁 때리고 공방을 나온다. 발길 닿는 대로 정처 없이 쏘다니다가 저녁 무렵에 집에 들어갔다. 읽다 둔 책을 펼쳤지만, 글씨는 눈에 들어오지 않고 풀잎이 한 말이 자꾸만 떠오른다. 운명을 걸고 싶을 만큼…… 운명을 걸고 싶을 만큼…….

내 운명을 걸고 싶은 일은 과연 무엇일까. 내 나이 벌써 열아홉. 나는 왜 아직 그것에 대해 곰곰 생각해 보지 않았을까. 이런저런 생각으로 골치가 아파 온다. 나는 벌렁 누워 눈을 감는다. 풀잎의 말은 사라지지 않고 연신 나를 괴롭힌다. 새벽녘이 되어서야 겨우 잠이 들었다.

며칠 동안 운명에 대해, 꿈에 대해 생각하느라 밤마다 잠을 설쳤다. 이런 일로 며칠이나 잠을 설친다는 게 믿어지지 않지만, 그랬다. 기적같이 그런 일이 내게 일어났다. 거울을 볼 때마다 내 얼굴이 시나브로

핼쑥해지는 것을 느낄 수 있다.

"우리 이화, 무슨 고민 있어?"

제일 먼저 눈치를 챈 사람은 아빠다.

"고민은 무슨 고민. 괜히 엄살떠는 거지. 그렇지, 성이화?"

엄마가 계모 같다. 나는 엄마를 쏘아보고 나서 아빠에게 말한다.

"고민 같은 거 없어요."

그렇게 말하는데 쑥스러운 생각이 들어 얼굴이 붉어진다.

안녕, 나의 첫사랑

공방 뒤뜰은 말끔히 쓸려 있고, 철철이 색색의 꽃을 피우던 꽃밭에 눈이 수북하다. 불이 꺼진 지 오래인지 가마는 차갑게 식어 있다.

풀잎이 밥을 짓고 반찬을 만드느라 분주하게 움직이고 있다. 아저씨는 공방에 들어가 작은 거위들을 하나하나 닦고 있고, 지현 언니는 핸드폰으로 BL(동성애를 주제로 한 소설이나 만화) 만화를 보며 이따금 풀잎이 일하는 모습을 흐뭇한 눈길로 쫓고 있다. 내가 상 차리는 것을 도우려 하자 지현 언니가 말린다. 풀잎 혼자서 하고 싶다고 해서 다들 구경만 하고 있다면서.

나무는 팬픽을 뒤적거리고 있다. 나무는 그렇다 치고 지현 언니는 왜 이런 물을 보는 걸까. 이해하기 위해서?

"언니, 그거 재미있어?"

"조금."

"왜 그런 거 봐? 이해하려고?"

"이해?"

언니는 고개를 저으며 말을 잇는다.

"이해하고 자시구가 어디 있어? 그냥 당연하게 받아들이면 되는 거지."

동성애자가 아니면서 이런 생각을 할 수 있다는 게 놀랍다. 언니는 다른 사람들과 달라도 너무 다르다.

"이해한다고 하면 그들이 좋아할까?"

나는 더 생각할 것도 없이 얼른 고개를 끄덕인다.

"아니. 이해한다는 말이 이들에게 더 불편할 수도 있어. 너는 너. 나는 나. 당연하게 받아들여 주기를 바랄 거야."

지현 언니가 다시 책으로 눈을 돌린다. 나는 조용히 밖으로 나왔다.

달리 할 일이 없는 나는 으아리꽃이 무성하던 꽃밭에 들어가 눈사람을 만든다. 아이들이 흔히 만드는 배불뚝이 눈사람이 아닌 팔다리 다 있는 눈사람이다. 두 다리는 두툼하게, 두 팔은 날씬하게, 허리는 잘록하게. 눈을 덧붙이고 깎아 내고 두드린다. 으아리 꽃대로 팔을 달고, 툭툭 꺾어 눈, 코, 입을 만든다. 오른쪽 눈은 V자, 윙크하는 눈이다. 그래, 으아리꽃처럼 아름다워라, 눈사람아. 가마 옆에서 작은 거위의 깨진 조각들을 주워다가 손을 달아 준다. 못 난다고 해도 괜찮아. 거위는 헤엄을 잘 치잖아.

나는 눈사람을 안아다 뜰 한가운데에 놓는다. 으아리꽃처럼 아름답고 거위처럼 헤엄 잘 칠 것 같은 눈사람이 찡긋, 윙크한다.

'우연을 닮았어.'

앞으로 우연을 추억할 때면 윙크하는 눈사람을 떠올릴지 모르겠다. 나는 눈사람에게 윙크해 준다. 성긴 눈발이 날리기 시작한다.

'잘살고 있는 거지?'

눈사람 머리를 쓰다듬어 준다. 잘 살아라, 우연. 나도 잘살 거다. 이젠 너로 인해 슬퍼하지 않을 거다. 너나 나나 또다시 누군가를 좋아하게 되겠지. 그래서 우리는 다시금 행복하고 때로는 아프기도 하겠지. 안녕!

우연과 함께했던 시간은 내 열여덟 살 한때의 아름다운 날들이었다. 그 나이쯤에 누구나 겪게 되는 첫사랑의 열병, 그것이었다. 특별할 것도 없는 그냥 첫사랑. 돌아보면 가슴 아리게 그립기도 하겠지. 그래도 좋을 첫사랑.

나는 어깨에 내려앉은 눈을 털어 버리고 공방으로 들어간다. 작은 거위를 정성껏 문지르고 있는 아저씨 얼굴이 평화로워 보인다. 나도 슬며시 작은 거위를 닦는다. 작은 거위에 내 얼굴이 비친다. 아니 단순히 표면에 비치는 게 아니라 작은 거위 몸속에 들어가 있는 것 같다. 아저씨가 그러는 것처럼 계속 닦는다. 처음에는 설레던 마음이 차츰 가라앉고 평화로워지더니 마침내 잔잔한 기쁨이 마음 전체로 번진다. 이래서 아저씨가 툭하면 작은 거위를 닮아 주나 보다.

아저씨, 지현 언니, 나무 그리고 나는 맛깔스레 차려진 밥상을 보고는 하나같이 모르겠다는 눈빛을 풀잎에게 보낸다. 어쩐 일로 푸짐한 밥상을 준비한 것인지 궁금하다.

"오늘이 제가 여기 온 지 꼭 백일 되는 날이에요."

풀잎의 말에 모두 입이 벌어진다.

"그러니까 이게 백일 상인 셈이구나."

아저씨가 흐뭇한 표정을 짓는다.

"네가 여기 온 게 바로 엊그제 같은데 벌써 그렇게 되었니?"

지현 언니가 묻는다. 풀잎이 고개를 주억거린다.

"전 여기서 다시 태어난 기분이에요. 절 이렇게 따뜻하게 맞아 준 곳은 없었어요. 제게 두 분처럼 스스럼없이 대해 준 사람들도 없었고요. 물론 동아리 빼고요. 그러니 전 여기서 제가 다시 태어난 것만 같아요."

풀잎 목소리가 조금 떨리는 듯하다. 감격스러운 모양이다.

"그러니까 언니는 이제 겨우 백일 된 갓난쟁이라는 얘기네."

말해 놓고 나는 큭큭 웃는다.

"그렇게 되나?"

풀잎이 머리를 긁적이며 따라 웃는다. 그 모습이 우스웠는지 다들 한바탕 웃어 댄다.

"고맙습니다. 제 친구를 이렇게 보살펴 주셔서요."

나무가 벌떡 일어나더니 머리가 방바닥에 닿을 정도로 몸을 숙여 인사한다.

"고맙긴. 내가 더 고맙지. 풀잎이 오고부터 내가 일이 한결 수월해졌는걸."

아저씨가 흐뭇하니 웃는다.

"언니, 세프야?"

고작 라면, 떡볶이, 계란간장밥, 김치찌개 등 별로 손 안 가는 것만 할 줄 아는 나로서는 그저 놀랍기만 할 뿐이다.

"자취하면 다 이렇게 돼."

나무가 옆에서 대답한다.

나는 된장국 먼저 한술 먹어 본다. 텁텁하다. 다음은 잡채. 좀 짜다. 이번엔 콩나물. 윽, 완전 소태다. 절대 자취는 하지 말아야 할 것 같다.

이건 좀 낫겠지. 산적을 한 입 베어 물었다. 달콤 짭짤 고소, 내 입맛에 딱 맞다. 들입다 산적만 먹어 댄다. 먹다 보니 다들 나만 쳐다보고 있다. 무안해진 나는 씹다 말고 벌쭉 웃는다. 내가 웃는 사이 다들 산적을 집어 간다. 내가 먹을 건 하나도 없다.

"난 우리 풀잎이 수련생이기보다는 가족이었으면 하는데."

아저씨가 그윽한 눈길로 풀잎을 바라본다.

"나도."

지현 언니마저.

"나도."

나도 먹던 걸 멈추고 풀잎을 본다. 풀잎이 너까지, 하는 얼굴로 나를 본다. 아저씨와 지현 언니가 웃는다.

"왜, 뭐가 잘못됐어요?"

"넌 가족이라고는 할 수 없지."

얘기 다 끝났다는 듯이 지현 언니가 밥을 한술 떠서 입에 넣고 씹는다. 나만 쏙 빼겠다 이거지.

"이 언니도 가족은 아니잖아요?"

"우린 한 지붕 밑에서 한솥밥 먹고 사니까 가족이라 할 수 있지만 넌……."

지현 언니가 실실 웃으며 고개를 가로젓는다. 날 놀려 먹으려는 심보다.

"나도 가끔 한솥밥 먹는데."

나는 입안 가득 밥을 퍼 넣는다.

"그래, 이화도 우리 한 가족이다."

아저씨가 털털 웃는다.

"역시 아저씨가 최고예요."

나는 엄지손가락을 세워 아저씨 코앞에다 들이민다. 이제 나도 엄연한 공방 식구다.

"저도 끼워 주세요."

나무까지.

"우리 두 식구라 적적했는데 한꺼번에 식구가 늘었구나. 아무래도 내가 늦복이 많은가 보다."

넉넉한 아저씨의 대답. 마음이 따뜻해지는 것 같다. 우리는 화기애애한 분위기 속에서 행복한 아점을 먹었다. 아점을 다 먹고 대강 치우고 나자 아저씨가 말한다.

"자, 가자!"

우리는 모두 아저씨 차에 올라탔다.

동아리 멤버들 모두 굴다리 밑에서 모였다. 저마다 있으면 있는 대로 없으면 없는 대로 그림 그릴 도구들을 챙겨 왔다. 미대 예비생 세잔느와 미소는 그야말로 이것저것 없는 것 없이 다 챙겨 온 듯하다. 나는 그렇게 큰 붓은 처음 보았다. 그림물감이 아닌 페인트로 그림을 그릴 수 있다는 것도 처음 알았다. 거리 벽에 그림 그리는 예술을 그래피티라고 한다는 것도 처음 알았다.

노는 아이들이 모여 담배를 피우거나, 싸움질하는 곳으로 알려진 음침한 굴다리. 그곳에 그림을 그리자고 제안한 것은 세잔느였다. 세잔느는 보육원에 크리스마스 선물로 우리가 뜬 목도리를 전달하고 나서 또 다른 의미 있는 일을 찾기 시작했다. 그리고 마침내 굴다리 벽에 그림 그리는 일을 찾아냈다. 그냥 낙서가 아니라 누가 봐도 기분 좋은 그림을 그려 새롭게 단장하자는 것이었다.

세잔느의 의견을 누구보다도 지지하고 지원한 사람은 바로 공방 아저씨다. 아저씨는 시청으로, 구청으로 발품을 팔아 허가를 받아 냈다. 그런가 하면 그림 그리는 데 필요한 모든 비용을 협찬받고, 또 협찬했다. 그렇게 해서 우리 모두 굴다리 밑을 정감 가는 공간으로 꾸미는 뜻 깊은 일에 동참하게 되었다.

디테일한 그림은 세잔느와 미소가 그리기로 하고, 그림에 그다지 소질 없는 다른 멤버들은 커다란 붓으로 바탕색을 칠하기로 했다. 굴다리 밑이 낮에도 좀 어두운 듯하니 전체를 하얀색으로 칠하는 게 좋겠다는 의견이 모아졌다.

벽을 깨끗이 닦고, 바탕색을 칠하는 건 생각보다 어려웠다. 시간도 많이 걸렸다. 그래도 누구 하나 불평하는 사람은 없었다. 불평은커녕 젖 먹던 힘까지 짜내 열심히 일했다. 웃고 떠들면서 그야말로 세상에서 가장 재미있는 일을 하고 있다는 듯 신나게 움직였다.

세잔느와 미소는 양쪽 벽에 나비며, 풀, 꽃, 그리고 온갖 동물을 그려 넣었다. 정말로 평화로운 숲속의 풍경이었다.

마지막으로 커다란 나무를 한쪽 벽 처음과 다른 쪽 벽 끝에 그려 넣어 숲을 지키는 파수꾼처럼 세워 놓겠다는 게 세잔느와 미소의 계획이었다. 상상만으로도 멋졌다.

아저씨는 굴다리에 가로등을 세워 달라고 시청에 건의했다고 한다. 그림이 완성되고 밤낮없이 가로등이 켜진다면, 이곳에서 담배를 피우거나 싸움질하던 아이들의 태도도 변하리라는 것이 동아리 멤버들의 기대였다. 그 또한 기대만으로도 멋졌다.

어쩌면 이곳에서 수많은 첫사랑이 탄생할지 모른다. 언제든 안녕을 고해도 좋을 첫사랑이.

느닷없이 우연의 문자가 들어온 것은 우리가 그래피티를 거의 완성해 가던 어느 날이었다.

감자, 안녕!
우리가 만든 달콤한 감자는 나란히 창틀에 놓여 있다. 꼭 개똥 뭉쳐 놓은 것 같아 보이지만 우리가 처음으로 빚은 이 흙 속에 아프게 뭉쳐진 우리의 마음자리가 있다는 걸 나는 안다. 시간이 얼마나 흘러야 뭉친 우리 마음들이 풀어질까. 달콤한 감자를 연주할 때마다 난 소리를 따라서 우리들 마음도 흐르고 흘러 자유로워지기를 소망한다.
나는 달콤한 감자를 불 때가 제일로 좋다. 초원 한가운데서, 밀감나무 아래서, 바닷가에서 달콤한 감자를 분다.
달콤한 감자를 불고 있노라면 힘들었던 하루가 힘들지만은 않았다고, 그래도 견딜 만했다고 느껴진다…….

우연은 나를 감자로 추억하고 있는 모양이다. 우연의 문자는 길게 이어졌다. 초원에서, 밀감나무 아래서, 그리고 바다를 바라보며 달콤한 감자를 불고 있는 우연이 보이는 듯하다. 우연의 귀고리가 내게 있는 것처럼 내가 만든 달콤한 감자(우연에게는 달콤한 감자니까)가 우연에게 있다는 사실이 다행스럽다. 우연이 반강제적으로 빼앗아간 것이 우연에게 더할 수 없는 위안이 되고 있다니. 말라비틀어진 닭다리 같이 못

생긴 달콤한 감자라도 주길 잘했다. 언젠가는 나를 향한 우연의 마음도 점점 멀어질 테지만, 어쨌든 지금은 우연에게 달콤한 감자가 필요해 보인다.

누구에게든 설탕을 잔뜩 묻힌 찐 감자와도 같이 달콤한 그 무엇이 있을 것이다. 그것이 물건이든 추억이든 그런 건 중요하지 않다. 다만 그것이 달콤하다는 거, 그게 중요하다.

문득 감자도 식으면 아리다던 우연의 말이 생각난다. 그래, 포실포실한 감자도 식으면 아리지. 내게 아린 맛을 숨기고 있는, 언제라도 식으면 아릴 수 있는 감자는 무엇일까. 내 청춘일까, 첫사랑일까. 그게 무엇이든 내 생을 달콤한 것이라고 느끼게 해 주는 것이라면, 나는 그 감자를 사랑할 것이다. 식을 때마다 따끈하게 데우면 되니까. 아리지 않게. 아니, 설사 아리면 어때. 아리면 아린 대로 설탕을 듬뿍 찍어 먹으면 되지.

오늘따라 핸드폰 케이스가 너무 두껍다. 우연을 향한 내 사랑값은 늘 그랬듯이 알 수 없다. 나는 천천히 핸드폰 케이스를 벗긴다.